DIANA

Das Buch

Lili Stummvoll hat beschlossen, ihrem Leben ein Ende zu setzen. Nachdem sie aus dem Altenheim ausgerissen ist, steht sie nun mit ihren vier Katzen auf einer Rheinbrücke und sinnt über ihr Leben nach. Seit ihrer Kindheit heißt Gott für sie Oskar, und mit ihm spricht sie: über ihre Jugend, ihre Ehe, ihre vier Kinder. Und vor allem über ihre Arbeit als Kellnerin in einer Kneipe, in der sich vor allem die Außenseiter der Gesellschaft trafen – Menschen, die mit den Erlebnissen im Krieg nicht fertiggeworden waren, ein Ehepaar, das den Unfalltod seines neunjährigen Sohnes nicht verkraftet hat, oder ein Penner, der stets auf der Flucht vor seiner Frau war.

All das läßt Lili noch einmal Revue passieren.

Der Autor

Friedrich Ani wurde 1959 im bayerischen Kochel geboren. Nach dem Abitur zog er nach München und war dort als Journalist im Kulturbereich ebenso tätig wie als Polizeireporter. Bereits neben seiner journalistischen Tätigkeit begann er Hörspiele, Theaterstücke und Romane zu schreiben. Nachdem er an der Hochschule für Film und Fernsehen eine Drehbuchwerkstatt absolviert hatte, folgten ab 1993 auch Drehbücher für so beliebte Krimiserien wie »Faust«, »Ein Fall für zwei« und »Tatort«.

Sein schriftstellerisches Werk wurde bereits mit einigen Auszeichnungen bedacht: Stipendien führten ihn nach Berlin und Venedig. Der Staat Bayern verlieh ihm für seinen Roman *Das geliebte süße Leben* den staatlichen Förderungspreis für Literatur.

Von Friedrich Ani erschien bisher im Wilhelm Heyne Verlag: *Brennender Schnee* und *Die Erfindung des Abschied.*

Friedrich Ani lebt in München.

Friedrich Ani

Das geliebte süße Leben

Roman

DIANA VERLAG

Diana Taschenbuch Nr. 62/0056

Die beiden Strophen am Ende des 5. Kapitels
stammen aus dem Gedicht
»Die eine Klage« von Caroline von Günderode.

Der Diana Taschenbuchverlag ist ein Unternehmen der
Wilhelm Heyne Verlag GmbH & Co. KG, München
Printed in Germany 1999

Umschlagillustration: Bilderberg/nonstock/Francesca Cambi
Umschlaggestaltung: Hauptmann und Kampa
Werbeagentur, CH-Zug
Satz: Schaber Satz- und Datentechnik, Wels
Druck und Bindung: Elsnerdruck, Berlin
Gedruckt auf chlor- und säurefreiem Papier

ISBN: 3-453-15276-X

http://www.heyne.de

I make shoes for everyone
But I still go barefoot

BOB DYLAN

1

Ich werd fliegen, und was ich mir zutrau, das tu ich. Schreibst du eigentlich mit, oder red ich hier ins Leere? Sag was, Oskar! Nur ein einziges Mal, ich bin verschwiegen, das weißt du. Ich plapper viel, wenn's gewünscht wird, aber plaudern ist nicht meins. Also, sag was.

Dann eben nicht. Vielleicht würd mir ja deine Stimme nicht gefallen, oder ich versteh deinen Dialekt nicht. Ambrosisch, das kapiert niemand. Nicht mal der Enkel der Gatterer, der kapiert sonst eigentlich alles. Doch bei dir, schätz ich, muß auch er kapitulieren. Also weiter, die Leute glotzen schon. Mein roter Schal weht luxuriös im Wind. Den Popelinmantel hab ich aus dem Westkauf, Sommerschlußverkauf, und ich hasse ihn, weil ich darin ausseh wie jede andre alte Schachtel auch. Die müssen unsereinen verachten, die Kleidermacher, packen uns in schäbige Uniformen, trostlos wie der Rhein im Regen, kleben uns blöde Deckel auf den Kopf und geben uns einmal täglich Ausgang, damit uns die Leute an der Straßenkreuzung ausgiebig begaffen können. Das ist unser Laufsteg. Führt direkt ins Himmelbett. So einen Lagerfeld im Popelinmantel hab ich noch an keiner Kreuzung gesehen. Vielleicht ist er mir bloß nicht aufgefallen, weil er genauso aussieht wie wir alle. Obwohl, sein Schwänzchen hätt ich schon bemerkt. Meine Augen gehen noch gut.

Warnung vor dem Hund! Ist da das Tier gemeint oder der Besitzer? Ich stell erstmal die Sachen ab. Schönes deutsches Schild. Worauf man sich verlassen kann. Ruhe im Korb! Echt Weide aus Selb. Hab ich von Erika, genauso wie die weiße Bluse, Kunstseide, aber schön. Der Rock ist von Iris, aus Bozen. Und die Treter sind aus Blei, das Schlurfen fällt mir langsam auf die Nerven.

Was hat der Pudel denn da zu kläffen? Ist heute Karneval? Hat dein Frauchen dir ein Fell gestrickt, bist du ein verkleideter Boxer? Dutzidutzi. Jetzt ist die Frage, wer zuerst am Herzschlag stirbt, du oder ich. Meine Freunde im Korb haben keine Angst vor dir, beileibe nicht.

Ich muß los. Sperriger Klappstuhl.

Hätt was essen sollen, oder seid ihr das da im Korb, die so knurren? Und ein Wind ist das vom Fluß her! Ich seh mal wieder aus wie auf der Flucht, und dabei bin ich auf dem Heimweg. Bevor es sechs geschlagen hat, will ich da sein.

Frau Klemm, bei der ich die Rindsleber gekauft hab, hadert mit ihrem Mann, und ich sag zu ihr, er hat auch seine guten Seiten, und sie sagt: Und wo? Weiß ich nicht, Frau Klemm. Zwanzig Jahre stehen die Klemms jetzt in der Metzgerei, und seit ich ihn kenne, trinkt er zuviel, redet zu wenig und bedient die Kunden wie Feinde. Und immer hat er diese blutige

Schürze um; einmal hab ich ihn lachen sehen, da bin ich vielleicht erschrocken! Plötzlich fing der Muffelkopf zu wiehern an. Worüber, das hab ich vergessen. Die Kunden schauten sich alle an, und bis wir uns gefangen hatten, war der Griesgram wieder normal. Klemm junior macht Kurzarbeit in der chemischen Fabrik, und wenn sie dichtmachen, wird er doch noch Schlachter werden müssen wie sein Vater, oder er haut ab, was ich ihm wünsch.

Siehst du deine Türme, Oskar? Wie sie leuchten über den Häusern, drüben, auf der andern Seite. Wenn der Dom leuchtet, fängt die Nacht an. Da hab ich gesessen, da hab ich gekniet vor dem linken Altar, auf dem die Madonna steht und jeden anstiert, ob wir weinen oder schluchzen, sie kümmert sich um keinen. Jedesmal, wenn ich die Augen aufgemacht hab, war sie da und stierte mich an, und einmal hab ich ihr die Zunge rausgestreckt, und genau in diesem Moment kam Pfarrer Pleng um die Ecke. Tach, Herr Pfarrer, sag ich und leck mir die Lippen, denn sie sind ausgetrocknet von der Andacht, und dann will ich mich erheben, und ein Blitz fährt mir den Rücken runter, daß ich denke, jetzt kommst du mich holen, Oskar. Ich knie mich wieder hin, und wenn das Beil nun schon niedersaust, brauch ich, denk ich, keine Rücksicht mehr zu nehmen und ruf der Madonna zu: Blöde Kuh! Ich hör ein Klicken hinter mir, dreh mühsam den Kopf und seh zwei japanische Touristen, die lächeln und mich photographieren.

So viele Jahre seitdem, und alles ohne Hilfe der Madonna, Oskar.

Die Luft ist heute wieder klebrig und dreckig wie die Meyerstraße. Wir waren immer auf der schmutzigen Seite des Flusses zu Hause, Oskar, auf der Seite der Flüchtlinge, der Sozialbauten und der chemischen Fabrik. Wir Leute aus Kalk. Rüber in die Altstadt und die sauberen Viertel hat es mich selten verschlagen, außer wenn Iris oder Erika zu Besuch waren oder wenn ich im Dom war, um vor der Madonna niederzuknien und die Hände zu falten. Ansonsten bin ich lieber in Kalk geblieben, in meiner Meyerstraße, im vierten Stock, mit Ausblick auf eine Küche, in der ständig Inder aus dem Boden schossen wie Pilze. Kein Wunder, daß sie den ganzen Tag am Kochen waren für ihre Sippe. Gelegentlich hab ich rübergewinkt, und dann hat ein Mann ein kleines Kind hochgehoben und hin und her geschaukelt. Ein schöner Anblick war das, und ich stand am Fenster, und unten brummte der Linienbus durch die enge Straße, und wenn Sommer war, stank der Chemie-Qualm besonders penetrant, aber ich bin trotzdem am Fenster stehengeblieben und hab den Indern zugesehen und den Tauben unterm Dach und hab viele Sachen gedacht, und dann bin ich runter zum Briefkasten und hab die Reklame rausgeholt, die ich auf den Tisch gelegt hab vor die Vase mit den Tulpen.

Daß man bei dieser Kälte so schwitzen kann! Oskar, hörst du mich? Hätte nie gedacht, daß die Straßenbahn auf der Brücke solchen Krach macht. So was haben Buza, Nandor, Kuti und Puskas noch nie gehört. Aber keine Sorge, meine Kleinen, ihr seid sicher wie Moses in euerm Korb, da paß ich schon auf.

Bin ich schon da? Genau in der Mitte? Der Rhein hat's heut aber eilig. Was gibt's Gutes in Holland? Alten Genever. Im Nebel ist die Anlegestelle für die Ausflugsschiffe kaum zu sehen. Die fahren ohnehin erst nächste Ostern wieder, und bis Ostern ist's noch ewig und drei Tage. Ich stell den Stuhl Richtung Norden, dann kann ich bis nach Helgoland schauen. Den Korb vors Geländer. Wenn der nächste Kahn kommt, wink ich. Im Winken bin ich Weltmeisterin. Vom Balkon hab ich gewunken und von der Straße hinauf zu einem Fenster, und vor der Haustür, wenn die Kinder sich verabschiedet haben und ins Auto stiegen, und von der Gondel aus, die vom Zoo über den Rhein geht; als ich zum ersten Mal dringesessen hab, hätt ich beinah in die Hosen gemacht vor Schiß. Und am Grab vom Willi hab ich heut gewunken, das war mir ganz gleich, was die andern da dachten. Ich wink jetzt einfach in den Nebel, vielleicht sieht er mich und hält einen Augenblick inne.

Ein Haus in Griechenland wollte er sich kaufen. So viele Bruchbuden hat er sich angesehen, und alle taugten nichts. Überall das gleiche: elektrische Leitungen legen, Heizung einbauen und den ganzen Kasten neu verputzen. Aber wahrscheinlich braucht man gar keine Heizung dort, wegen der Sonne, dafür aber ein Klo. Ohne Klo geht's nicht, man kann seine Gäste doch nicht in die Pampa schicken zum Scheißen, wie sieht denn das aus?

Mein Lebtag hätt ich mich in keinen Zug gesetzt und wär durch halb Europa kutschiert. Mein Lebtag nicht! Ich hätt dich nicht besucht, mein Junge, ich bin gern hier, was soll ich also in Griechenland? Wo es einen hin verschlägt, da muß man bleiben. Frag Oskar. Der trägt die Verantwortung, der setzt dich irgendwo hin, und da steckst du dann zeit deines Lebens, eines Morgens wachst du auf und bist am richtigen Fleck; funktioniert automatisch.

Die Menschen sind doch überall gleich: groß, dick, klein, gescheit oder behämmert. Wahrscheinlich auch in Griechenland. Aber mit dem Auto da runter bis auf irgendeine Olivenwiese – ohne mich! Diese Kottelei! Führerschein mit sechs Fahrstunden, genau sechs, mehr waren damals nicht notwendig. Kein Unfall in fünfunddreißig Jahren. Mit deinem Orientierungssinn war's allerdings nicht weit her, das muß ich feststellen. Ohne dich und deinen Käfer wär ich nie so weit herumgekommen hier in Kalk, Willi, Lieber.

Ich rauch mal eine. Du könntest deinen Frauen ruhig mal Feuer geben, Oskar. Dein Arm reicht doch normalerweise sehr weit, eigentlich überall hin. Egal, ich schaff's auch alleine. Das Feuerzeug ist noch von meinem Mann, ein Windfeuerzeug, sehr günstig in zugigen Zeiten.

Der Enkel der Gatterer hat auch so eins, der Angeber. Spricht wie ein Maschinengewehr, der Lümmel, ich bin immer halb tot hinterher. *Behämmert* ist sein Lieblingswort. Seine Eltern, seine Oma, die Mädchen, alle sind behämmert für den. Bei seiner Oma würd ich ihm möglicherweise sogar recht geben. Dreimal am Tag rennt die auf den Friedhof, was macht die da dauernd, sag schon! Wenn sie umfällt, liegt sie wenigstens gleich am richtigen Platz. Ich geh auch auf den Friedhof, wie du weißt, einmal die Woche. Blumen gießen, Unkraut auszupfen. Und jedesmal denk ich an den Satz, den der Doktor Nemez zu mir gesagt hat: Ihr Mann starb bei sehr klarem Bewußtsein. Ich weiß nicht. Was meinst du dazu? Woher will der das wissen, der Doktor Nemez?

Hören Sie, Frau Stummvoll, er starb bei sehr klarem Bewußtsein.

Was will der Herr Doktor damit sagen?, frag ich mich.

Redest du ihm so was ein, Oskar Oberarzt? Bist du der Souffleur dieser Leuteschinder? Du bist es, ich kenn dich, du duldest keinen Ärger und keine Beschwerden, und deswegen reden die Nemeze dieser Welt alle das gleiche dumme Zeug.

Ich setz mich mal, glaub ich. Auf meine fünf Buchstaben. So. Da vorne ist Norden. Auch bei Nebel, Oskar, ja, auch bei Nebel. Weißt du noch? Ich seh ihn noch genau, wie er plötzlich zur Tür reinschneit, abgemagert und zerlumpt. Am Vormittag von Heiligabend. Draußen sah man nicht von hier bis da, so dick war die Milchsuppe. Rheinnebel. Und ich verrat dir was: seine Stimme, die hab ich gleich erkannt.

Lili, hat er gesagt. So hat er mich getauft. Nicht wirklich getauft, du weißt schon. Keine Ahnung, ob ich seinen Namen auch gesagt hab. Man sagt ja selten den Namen, wenn man lang verheiratet ist.

Sein Mantel, sein stoppeliges Gesicht. Und sein Atem. Roch nach Mentholzigaretten. Ich hab gebadet in seinem Atem. Auch wenn ich an die Dinger bis heut nicht rankann. Ich rauch Salem filterlos, Salemohne.

Da stand er also in der Tür, neunzehnhundertsechsundvierzig im Winter, und ich saß da wie bestellt und nicht abgeholt.

Grade wollte ich nämlich einen Baum besorgen gehen, Kugeln und Lametta hatten wir noch von vor vier Jahren, sorgfältig eingewickelt in Butterbrotpapier. Die Kinder freuten sich schon drauf, auf die Lichter und das Vorsingen. Wir haben immer richtige Kerzen verwendet, keine elektrischen, die gab's damals auch schon, aber nicht für uns. Für uns gab's so was nicht. Plötzlich stand er mitten in der Küche, und ich hab seinen Rucksack angestarrt, ein graues, abgewetztes, schäbiges Trumm, und ich steh auf und geh hin zu meinem Mann und schau ihn an, und er schaut mich an, und dann nehm ich ihm den Rucksack von den Schultern. War der schwer! Ich stell ihn vor den Ofen. Doch der Wilhelm bückt sich und wuchtet ihn auf den Tisch. Und wieder schaut er mich an, und ich hab immer noch kein Wort rausgekriegt. Er hatte immerhin schon Lili gesagt.

Da ging die Tür zur Kammer auf, und vier Köpfe tauchten auf: zuerst Erika, dann Rose, dann Iris und dann Willi. So schnell konnte ich gar nicht schauen, da hingen die vier schon an ihrem Vater dran, und er stand da, mitten in der Küche, so plötzlich Heiligabend, und ich hatte noch keinen Baum geholt, und ich stand auch da und hab an dich geglaubt, Oskar. Herrgott, Oskar, der Wilhelm heil zurück, da mußte ich mich wieder hinsetzen.

Hörst du überhaupt zu? Oder bist du mal wieder beleidigt, weil ich Oskar zu dir sag? Laß mir den Namen, weiß der Himmel, wie ich darauf kam als furchtsames Mädchen unter der Zudecke, das hast du doch verstanden, oder nicht? Oder wär dir August lieber gewesen? Kein Kommentar.

Jedenfalls war plötzlich was los! Die Kinder haben so laut gekreischt, wie sie das sonst nie durften, so eine Kreischerei halt ich nicht aus. Aber ein Vater kommt nur einmal aus dem Krieg heim. Dann setzt er sich endlich hin. Und schnürt seinen Rucksack auf. Und zaubert fünf Schachteln Schokolade hervor, für jeden von uns eine, auch für mich. Und Zigaretten. Und dann trau ich meinen Augen nicht: Da bringt er doch das alte Kochgeschirr wieder mit, das ganze Gelumpe! Weggeschmissen wird nichts, hat er immer gesagt. An diesen Satz werd ich noch denken, wenn ich schon ambrosisch rede. Und er hatte auch das Feuerzeug noch, das schwere Windfeuerzeug. Er hat alles wieder mitgebracht!

Ich bin dann rübergegangen in die Wohnstube und hab die Photographie geholt; wie festgewachsen stehen die vier Kinder da, und ich in der Mitte. Wilhelm war im Krieg, und ich hatte Geburtstag. Er hat die Photographie lange angesehen, und wir haben ihm dabei zugeschaut, und er hat den Kopf nicht gehoben, weil er nicht wollte, daß die Kinder ihn weinen sehen. Ich hab's aber trotzdem gesehen, und wenn es ein Glück gibt auf dieser Erde, dann war es damals bei uns in der Küche zu Gast.

Ich rauch noch eine, ganz vorsichtig, auf Backe. Wenn ich inhalier und Krach mach mit meinem Husten, erschrecken die Katzen, Buza vor allem. Ist okay, Buza, ich bin's immer noch, steck deinen Kopf wieder rein. So ist's gut, Deckel wieder zu, sonst frieren die andern noch.

Wenn er nicht bei seinen Fischen saß, werkelte er in der Gegend rum. Schrieb eigenartige Schilder. *Bitte Türe ganz zu machen,* zum Beispiel. Alles in Druckbuchstaben. Akkurat, wie mit einem Lineal gezogen. BITTE TÜRE GANZ ZU MACHEN. Dann knipste er das Schild mit sechs Zwecken an die Holztüre. Plötzlich fiel ihm ein, daß man das zusammenschreibt: zumachen. Woher hätt ich das wissen sollen? Zumachen. Zu machen.

Es muß zumachen heißen, sagt er. Also nahm

er das Schild wieder ab. Ich sag zu ihm: Die Leute wissen doch, was gemeint ist! Das Hinreden half bei ihm nichts in solchen Dingen.

BITTE TÜRE FEST SCHLIESSEN.

Im letzten Moment war er sich dann doch nicht mehr so sicher und dachte sich einen neuen Satz aus. Von mir aus. Wurde auch Zeit, denn der Kaffee für die Vesper war fertig. Und er mußte noch seine Fische füttern. Meine Lieblingsfische waren die Skalare, von denen besaß er zwei; außerdem Kugelfische, Zwergfadenfische und ein Schleierschwanzpaar.

BITTE TÜRE FEST SCHLIESSEN.

Hat nichts genützt. Du bist trotzdem reingekommen, Oskar. Du kommst ja nicht durch die Tür, sondern im Schlaf. Vielleicht hat Wilhelm deswegen so wenig geschlafen. Er saß vor seinen Aquarien und redete mit den Fischen. Er erzählte ihnen alles, und ich durfte nicht dabeisein. Es ist vorgekommen, daß er seinen Kaffeepott nahm und den Teller mit der Schnitte und sich rübergesetzt hat ins Wohnzimmer. Seine Memoiren, die kennen nur die Skalare, und die Zwergfadenfische. Was er im Krieg erlebt hat und vorher. Davon hat er nicht gesprochen, bis zum Schluß nicht, als hätt er nichts erlebt. Die Fische machten ihr Maul auf, aber sie sagten nichts. Du hättest sie quälen können mit einer Ölpest, Oskar, oder mit einem Feuerzeug, sie hätten nichts verraten, sie waren treu und unbeugsam. Sie schwammen zwischen den Algen herum und guckten ihren Erzähler an, und ich mußte an die Tür klopfen, wenn ich rein wollte, das hat er mir angeschafft, erst klopfen, dann eintreten. Er meinte es nicht bös. Er wollte viel allein sein, und das muß man verstehen. Wir wollten beide oft allein sein, und wir wußten, daß auf der andern Seite der Tür der andere ist und nicht weggeht.

Und nicht weggeht, Oskar!

Ich hab angeklopft, jahraus, jahrein, und ihn von seinen Fischen losgerissen, ich wär bald eifersüchtig geworden auf die Viecher, so viele Stunden verbrachte er mit ihnen, und ich hockte in der Küche und löste Kreuzworträtsel und fummelte an den Begonien rum oder hörte mir die Geschichten der Gatterer aus dem ersten Stock an, für die war ich der stumme Fisch, stundenlang. Sie erzählte mir aber nichts aus der Kindheit und vom Krieg, sondern schimpfte auf die Friedhofsganoven, die die Gießkannen klauen und die Kerzen von den Gräbern, und daß sie den Pfarrer Pleng mit seiner Haushälterin flüstern sah, die Haushälterin hätte eine durchsichtige Bluse angehabt, was eine Sünde sei. Für mich waren durchsichtige Blusen nie eine Sünde, überhaupt hab ich mit Sünden nicht viel am Hut. Damit das klar ist, Oskar, ich hab mir da meine eigenen Gedanken gemacht. Trotz Ölberg und Karfreitag und Kreuzigung für unsere Sünden. Das letzte Mal beim Beichten war ich vor dreiundsiebzig Jahren, da war ich zwölf, und die einzige Sünde, die ich beging, war, daß ich dem Pfarrer Moniack beichtete, ich hätt dem

Hermann fünf Pfennige gestohlen für Lakritze, und das war eine Lüge; aber wir waren gezwungen, zum Beichten zu gehen, und ich mußte mir was einfallen lassen, sonst hätt's geheißen, ich drück mich und verheimliche was Schlimmes. So funktioniert das doch, Oskar, dein System. Ich riß meinen Wilhelm also los von seinen Fischen, und beim Rausgehen warf er ihnen noch einen Blick zu, und ich ging voraus und goß ihm Kaffee ein. Er aß immer das gleiche zur Vesper: zwei Schnitten, auf die er die Butter kratzte, obwohl wir uns die Butter bald dicker leisten konnten, aber er war das so gewöhnt, das sparsame Essen; eine Scheibe rohen Schinken, eine Scheibe Edamer; den rohen Schinken mochte er lieber als den gekochten. Versteh ich gut. Der Kaffee mußte stark sein und schwarz, den Blümchenkaffee haben wir über gehabt, den durfte damals keiner mehr servieren, in den späten Fünfzigern. Dünner Kaffee ist eine Ungezogenheit. So ein Gesöff kam dem Wilhelm nicht auf den Tisch. Akkuratesse und Höflichkeit, das waren seine Prinzipien bei der Arbeit und auch sonst. Er kaufte sich sogar einen Handfeger, mit dem fegte er den Tisch ab, wenn die Gäste gegangen waren. Nach jedem Gast machte er den Tisch ordentlich sauber. Damit sich der nächste Gast nicht die Manschetten beschmutzt. Und er half seinen Gästen in den Mantel und hielt ihnen die Tür auf. Am Wochenende hatte er den ganzen Tag im *Grünen Hof* zu tun, Sonnabend und Sonntag von zehn Uhr morgens bis zehn

Uhr abends, unter der Woche war er nur abends dort. Das waren Zeiten. Und dann hast du ihn gerufen, nein, entlassen, Oskar. Entlassen hast du ihn, fristlos, wie das deine Art ist. Du hast ihn abgemahnt, das ist wahr. Lungen, nervöser Magen, lädierte Knochen. Aber er hat nicht auf dich gehört. Nachts blieb er lange wach, und wenn er nicht mit den Fischen redete, klebte er Zeitungsartikel in dicke Kladden, von denen unsere Kinder bis heute keine Ahnung haben. Er hat nämlich alles ausgeschnitten, Artikel, Photos, jeden Tag klebte er was in sein Album, ein fürchterliches Sammelsurium. Auf jeder Seite Berichte über Massaker und Russenkrisen, Reden von Leuten, die immer wichtig tun, und natürlich von unserem Kanzler, dem du einundneunzig Jahre gegönnt hast, und kein Mensch weiß, wozu. Den so alt werden zu lassen, gib's zu, da hast du dich vertan. Und wie stolz der Alte war. Hat dauernd gewunken und mir das Winken beinah verleidet. Sogar mit den Russen hat er geredet. Wo hat der all die Jahre zuvor gesteckt, während der Hitlerei, wo hat er sich verkrochen gehabt, was hast du mit ihm gemacht? Er war jedenfalls noch am Leben, genauso wie der Dönitz, wie der Schirach, solche sterben nie aus, dafür sorgst du schon, Oskar, das weiß ich, ich hab's mit eigenen Augen gesehen. Die Menschen müssen auf dem Quivive sein, sagte Wilhelm immer, sonst wachen sie eines Morgens auf und sind mitschuldig. – Sag du auch mal was dazu!

Mein Wilhelm hat alles aufgehoben. Die

Photos kamen in eine schwarze Kladde. Und schließlich, bei einem Familienessen, wollte er seine Sammlung unseren Kindern präsentieren, er wollte ihnen beweisen, daß alle noch am Leben sind, die Himmlers und die alle. Wir hatten auch schon einen Tag ausgesucht, Wilhelms fünfundsechzigsten Geburtstag. Zuerst hätten die Kinder ein Lied gesungen, wie sie es schon getan hatten, als sie noch klein waren, und dann wollte er mit einem Silberlöffel gegen die Kaffeetasse schlagen, daß es schön klingt, und dann, wenn Stille gewesen wär, hätte er die erste Seite aufgeschlagen.

So hatten wir uns das vorgestellt.

Nachdem die Kinder dann ihr Ständchen gebracht hatten, schaute ich ihn an, und er schaute mich an, und dann haben wir beide gleichzeitig und wortlos die Idee begraben. Die Kinder wissen bis heute nichts davon. Obwohl sie längst erwachsen sind und viel begreifen. Die Zeit ist viel zu rasch um. Von seinem Alter hat er nichts gehabt, mein Wilhelm. Jeden Abend und bei jedem Wetter aus dem Haus zum Bedienen, wer geht da nicht kaputt? Immer nur bedienen und nie selber bedient werden. Ich hab immer schon fest geschlafen, wenn er in der Nacht heimkam, und ich bin jedesmal aufgewacht. Seine letzte Zigarette hat er im Bett geraucht, weil er dachte, ich hör ihn nicht. Ich hätt das Geräusch vermißt in der Nacht, das harte Klicken des Windfeuerzeugs. Weggeschmissen wird nichts.

Hörst du es? Wie es klickt und immer noch

funktioniert? Ein richtiges Bunsenbrennerfeuerchen. Die Leute, die hier in ihren Autos über die Brücke rasen, glotzen, als wär ich ein Gespenst. Von mir aus. Dann glotzt eben! Und das Feuerzeug behalt ich bis zum letzten Moment, und du wirst es mir nicht wegnehmen, Oskar, das schwör ich dir.

Daß es immer Winter sein muß, wenn einer stirbt. Sie haben ihn aus dem Bett gehievt und in einen Lieferwagen geschoben, und ab. Ich stand in der Küche, meinen dünnen Morgenmantel an, und sie trugen ihn hinaus. Seine Hand war eisigkalt. Aber sein Blick nicht. Wir haben uns angesehen, und ich wollte nicht aufhören, ihn anzusehen. Ich erntete seine letzten Blicke, und von denen zehr ich heute noch. Du wärst der letzte, der mir meine Ernte verhagelt, Oskar. Seine Finger rutschten aus meiner Hand. Hier, sieh dir das an! Hier ist seine Hand gewesen. Siehst du? Siehst du?

Wohin so eilig mit deinem Fahrrad, junger Mann? Die Stadt läuft dir nicht weg. Jetzt hat er meine Hand nicht gesehen. Aber du, Oskar, du kannst sie sehen, trotz des Nebels. Ich halt sie an meine Wange, ich rieche seine Finger, sie riechen eindeutig nach Menthol.

Der Doktor Nemez, der seine Patienten immer in dasselbe Krankenhaus zum Sterben schickt, sagte: Er starb bei sehr klarem Bewußtsein. Darunter kann ich mir nichts vorstellen. Er hat mir Tabletten verschrieben, der Doktor Nemez, zur Anregung der Magen- und Darmtätigkeit. Ich hab die Pillen in der Apotheke abgeholt und im Ofen verfeuert. Und zum Doktor Nemez hab ich gesagt: Plötzlich kann ich scheißen wie nie zuvor! Mit manchen Leuten muß man deutsch sprechen. Ambrosisch verstehen die nicht.

Hast du mal Feuer für mich? Natürlich nicht. Ich geb mir selber welches.

Der Mond sieht mager aus. Häng einen neuen hin! Oder blas ihn auf und stell eine Kerze rein. Ich hab's gern hell um mich.

2

Bestimmt sitzen sie jetzt in der Wohnung, und Erika, meine Älteste, kocht Kaffee, und Rose bringt keinen Ton raus, und Iris ist mit ihren Gedanken woanders. Sie treibt sich mit Männern rum, die fünfzehn Jahre jünger sind als sie, das macht mir nichts aus, auch wenn Rose mir immer einreden will, daß ihre Schwester ein Hurenleben führt und Unglück und Krankheiten ins Haus bringt.

Was sagst du *dazu,* Oskar? Hältst du deine Hand auch über die Huren, oder nur über treue Ehefrauen? Rose ist eine gute Ehefrau, sie gibt sich ihrem Hannes, dem Beamten, klaglos hin, soviel ich weiß. Wenn sie ihn strafen will, schweigt sie ihn an, und er läßt sich das gefallen. Würdest du dir das gefallen lassen, Oskar, wenn deine Frau dich drei Tage lang anschweigt? Du würdest sie verdammen, ruck, zuck geht das bei dir, weg mit dem Weib, und Amen. Lange fackeln ist nicht deine Art. Gilt auch für Männer, für Samuel zum Beispiel, Erikas Mann. Vor drei Jahren, am vierzehnten Dezember, hast du ihn zum Teufel geschickt. Ich will mich nicht versündigen. Wo genau du ihn hingeschickt hast, weiß ich nicht, geht mich auch nichts an. Du hast ihn zu dir berufen, sagen wir's mal neutral, der Herr hat ihn zu sich berufen. Zu was, mein

Lieber, zu was? Berufen wozu? Und was ist er jetzt? Vorher war er Beamter im Baureferat. Ist er nun zu Höherem berufen worden, auf einen Posten im Verwaltungsrat, womöglich in der Ministerriege? Was hat er so vorbildlich gemacht, daß du ihn so plötzlich berufen hast nach ganz oben? Gottes Ratschluß ist unergründlich, behauptet der Pfarrer Pleng. Samuel war vierundsechzig Jahre alt, in einem Jahr wäre er pensioniert worden, rauschender Abschied, lange Reden, Champagner, Lob und Dank und Medaille vom Bürgermeister. Du hast es anders gewollt. Natürlich kannst du mit uns anstellen, was du willst, aber verstehen tut das keine Menschenseele. Und ich schon gar nicht.

Erika, erinnerst du dich?, trug beim Leichenschmaus im Alten Eck ein schwarzes knisterndes Kleid, und auf einmal stand sie auf und fing an, Lieder zu singen und in ihrem schwarzen Kleid durch die Gaststube zu tanzen. Rose wollte das verhindern, sie verehrt dich wirklich sehr und hat einen Hang zur Untertänigkeit, der mir schon bei ihr als Kind aufgefallen ist. Aber Erika ließ sich nicht aufhalten, und zusammen mit Iris legte sie einen Walzer aufs Parkett, daß Rose und ihrem Hannes ganz schwindlig wurde vor lauter Kopfschütteln. Erika tanzte für Samuel bis zur Erschöpfung.

Über meine Rose hältst du deine Hand, dafür danke ich dir, damit auch das mal klar ist. Die andere hältst du über meine Nachbarin, Frau Gatterer, also hast du keine Hand mehr frei für meine Erika. Iris braucht deine Hände nicht, sie kann selber auf sich achten, das hat sie von mir geerbt, aber Erika ist aufgeschmissen ohne dich in diesem riesigen Trubel. Du hast ihr den Samuel weggenommen und vorher ihren Sohn Nikolaus, dem ich jetzt winke, in welchen süßen Armen und in welcher Laube des Paradieses auch immer er sich gerade herumtreibt. Ich bin's, Niko, deine Großmutter! Wieviel kriegt der Pfarrer Pleng eigentlich bezahlt für seine saumäßigen Predigten über das Jenseits und die höhere Gerechtigkeit? Ihm wird höhere Gerechtigkeit zuteil, sagt dieser Esel, ohne rot zu werden, am offenen Grab meines Enkels, und es schneite, und es schneite in unsere wütenden Tränen hinein.

Für mich sind alle Pfarrer Pleng, auch wenn der Original-Pleng schon vor dreißig Jahren abberufen wurde. Ich sag zu allen: Pfarrer Pleng. Das ärgert die Würdenträger, und sie reden meiner Tochter Rose ins Gewissen, damit sie mich mal ins Gebet nimmt; das tut sie dann auch und beißt sich auf die Lippe und kaut drauf rum wie auf einem Kaugummi mit Lippenstiftüberzug. Aber beim nächsten Mal in der Kirche sag ich wieder: Tach, Herr Pleng, und werf, damit er eine Freude hat und merkt, daß ich bereue, einen Groschen in seinen Opferstock. Die Markstücke brauch ich selber.

Von der höheren Gerechtigkeit kann niemand abbeißen wie von einem Streuselkuchen. Da saß er mit seinen beiden Freunden, der Niko, und sie stopften den Kuchen in sich rein und tranken heiße Schokolade, die ich selber gemacht hab. Später am Tag gab's Würstel mit Kartoffelsalat und noch später Kartoffelchips und Salzstangen. Die Kinder durften alles essen an solchen Tagen, wenn Iris zu Besuch kam oder ich Geburtstag hatte. Niko traute sich nicht aufzustehen vom Tisch, weil er befürchtete, wenn er einmal draußen beim Spielen war, dürfte er nicht mehr zu uns und weiter Chips essen und Quartett spielen. Er versuchte immer, zu bescheißen, aber er war ein lausiger Bescheißer. Überhaupt ein schlechter Lügner. Und trotzdem dachte er sich dauernd Sachen aus, die keinen Deut wahr waren, die er aber so begeistert erzählte, daß alle drauf reinfielen.

Ich hab ihm seine Märchen an der Nasenspitze angesehen. Seine Mutter nicht. Erika konnte er viel vormachen, sie glaubt fast alles. Sehr günstig für dich, Oskar.

Als Niko in die Volksschule kam, brach für ihn eine Welt zusammen. Er kapierte einfach gar nichts. Zu Hause heulte er wie ein Schloßhund, und Erika fragte mich um Rat, wie sie ihn beruhigen sollte. Ich redete lange mit ihm am Telefon und erzählte ihm von Wilhelm, der in der Schule auch Schwierigkeiten hatte und trotzdem ein gescheiter Mann geworden ist, er ließ sich eben Zeit. Nur nicht alles auf einmal, hat er oft gesagt, mein Wilhelm. Wenn Niko sich dann beruhigt hatte, nahm ihn seine Mutter in den Arm, und von diesen Umarmungen erzählte er Jahre später seinen ersten Freundinnen, und er verlangte von ihnen, daß sie ihn genauso umarmten. Sie lachten ihn mächtig aus. Also machte er es ihnen vor, streckte die Arme aus, zog den Kopf des Mädchens an sich und drückte ihn an seine Brust. Aber die Gören rissen sich los, kicherten und fühlten sich unsittlich berührt. Dabei wußte er doch gar nicht, was das war: unsittlich. Das Wort hörte er zum ersten Mal von seiner Lehrerin, Frau Holstein. Die Gören hatten gepetzt. Er stand also auf und erklärte der Schreckschraube Holstein, daß er nichts weiter beabsichtigt habe, als den Mädchen zu zeigen, wie man eine Umarmung macht. Die Lehrerin hielt Nikos Erklärung für eine seiner üblichen Schwindeleien und bestellte Erika in die Schule. Solche Lehrerinnen wie die Holstein, sagte meine Tochter später, sind ein Fluch.

Vor dem Schlafengehen fragte ich ihn einmal, wie er das gemeint habe mit dem Umarmen und was er den Mädchen demonstriert habe. Und er zog mich an sich, ganz souverän und behutsam, und drückte mich mit seinen dünnen Armen, und in diesen fünf Sekunden hörte all mein Kummer auf, mich einzuschnüren.

Warst du damals etwa eifersüchtig, oder warum hast du ihn vor mir abberufen?

Als Samuel arbeitslos wurde und sich dafür schämte, sagte Nikolaus zu ihm, er sei stolz auf ihn, mit oder ohne Job. Samuel wunderte sich lange über diese Bemerkung, doch als er erfuhr, daß der Sozialkundelehrer Niko aus dem Unterricht verwiesen hatte, weil er eine Schweigeminute einlegen wollte für all die armen Schweine ohne Arbeit, verging ihm das Sich-Wundern. Niko mußte sich beim Lehrer entschuldigen, und sein Vater war ungehalten darüber, aber ausgesprochen haben sie sich nie. Eigentlich haben die beiden überhaupt sehr wenig miteinander gesprochen. Er war manchmal schon ein bißchen verrückt, der Niko. Ich weiß noch genau, wie er mir von seiner ersten Freundin erzählte, Olga. Sie war fünfzehn Jahre älter als er und Straßenbahnfahrerin. Sie sind sich in einem Café begegnet, zufällig, wie er das ausdrückte, nachdem er schon zwei Wochen lang alles darangesetzt hatte, immer nur in ihrer Bahn mittags nach Hause zu fahren und in keiner andern. Und ebenso zufällig saßen sie dann plötzlich im *Café Forum* am selben Tisch, auch wenn dieser Begegnung intensive Ermittlungen vorausgegangen waren, die es meinem Niko ermöglichten, zur richtigen Zeit am richtigen Ort zu sein und den richtigen Ton zu treffen.

Er hat ihr eine Geschichte von seiner Großmutter Martha aufgetischt, die er gar nicht gekannt hat. Und dazu spendierte er ihr eine heiße Schokolade und zwei Stück Erdbeerkuchen.

Seine Großmutter Martha, erzählt der Schuft, arbeitete in einem Schweizer Restaurant, das heißt, sie saß im Tiefparterre, bewachte die Klos, wechselte die Papierrollen und füllte die Tücherbehälter über den Waschbecken auf, auf den Damenklos wie auf den Männerklos. Sie hatte einen Beutel mit Münzen bei sich und freute sich über jedes Zehnpfennigstück, das sie bekam, und über jeden freundlichen Blick. Mittwochs hatte sie frei. Dann putzte sie ihre Wohnung oder war mit dem Treppenhaus an der Reihe. Zu wischen waren da nicht nur die Stiegen, sondern sie mußte auch die Fenster putzen, was schwierig war, weil sie dazu auf einen Schemel klettern und sich am Fensterrahmen festhalten mußte. Da stand sie also an einem Mittwochnachmittag im vierten Stock am Fenster, und plötzlich hörte sie hinter sich im Treppenhaus die Schritte einer Frau und ein Keuchen; Frau Ringer, deren Balkon unterm Mantel mächtig wogte, war auf dem Weg ins türkische Dampfbad, denn mittwochs ist dort Frauentag. Sie sagt: Tach, Martha, oder so ähnlich, und Martha wendet sich um, doch Frau Ringer ist schon weitergegangen, und Martha will sich wieder dem Fensterputzen widmen, da rutscht der Schemel seltsam langsam weg, die Großmutter, erzählt der Schuft, hebt die Arme, läßt das Wischtuch fallen und stürzt auf die Straße hinunter, vier Stockwerke tief. Alles unwahr, nur um Eindruck bei Olga zu schinden! Wahr ist aber, daß sie früh gestorben ist, die Martha, und bei der Zeremonie am Grab breitete der Pfarrer Pleng die Arme aus, so wie ich jetzt, völlig sinnlos, und es war mal wieder Gottes unergründlicher Ratschluß dran, und aus und Amen. Vielleicht hast du ihr ein Plätzchen zugewiesen, wo es keine Klos und keine Fenster und keine Treppenhäuser zu putzen gibt, nur warmes Licht bei Tag und Nacht.

Nur warmes Licht bei Tag und Nacht, Oskar. Der Ausdruck stammt von Niko, ich hab ihn mir gemerkt. Er hat ihn Olga ins Ohr geträufelt, und sie schmolz ein bißchen über ihrem Erdbeerkuchen dahin und nahm Nikos Hand, und er lächelte das Lächeln eines Engels, das konnte der Junge, und dann küßte ihn die Olga so lange, bis der Wirt herschaute und sich tatsächlich räusperte.

Ich rauch noch eine. Ohne meine Salemohne wär ich aufgeschmissen. Lausiger erster November. LAUSIGER ERSTER NOVEMBER.

Zum Höhepunkt seiner Schwindelmemoiren machte Nikolaus seinen Selbstmordversuch. Fünf Uhr morgens, und er hockte auf einem Stuhl vor dem Brunnen auf dem Kalker Rathausplatz und hatte einen Benzinkanister auf den Knien. Gerade als er ihn hochheben und sich taufen will im Namen des Allmächtigen Schöpflöffels, bemerkt er rote Stiefeletten. Und eine Stimme sagt: Was machst du denn da? Er hebt den Kopf und sieht eine junge Frau mit blonden Haaren, üppig geschminktem Gesicht und in einem Pelzmantel. Gib mir dein Feuerzeug, sagt die Dame, zündet sich damit eine Zigarette an und steckt das Feuerzeug ein. Dann stellt sie den Benzinkanister auf den Boden und setzt sich auf Nikos Oberschenkel. Er roch ihr Parfüm, und es entging ihm nicht, daß sie einen enorm kurzen Rock trug. Sie steckte ihm ihre Zigarette in den Mund, und er machte einen Zug und mußte blökend husten. Ich hab geblökt, Oma, hat er zu mir gesagt. Dabei ist der Junge alles andere gewesen als ein Schaf. Aber davon verstehst du nichts, Oskar. Jedenfalls tauchte ein kurioses Lächeln auf dem geschminkten Gesicht der Blondhaarigen auf, und sie sagte: Du wirst dich doch wohl nicht verbrennen, mein Süßer! Wir sind doch hier nicht in Korea! Olga muß ihn nach dieser Geschichte noch mal auf den Mund geküßt haben, weil er nicht gestorben ist und diese Stiefeletten-Dame rechtzeitig zur Stelle war, um ihn zu retten.

Drück ich mich klar aus? Kannst du dir eine Vorstellung von den Ereignissen machen? Nein!? Dann hör mir zu, hör mir einfach zu.

Er war die Unschuld vom Land, der Niko, und weit draußen, am äußersten Ende der letzten Liegewiese, ließ Olga ihn in sich hinein, sie lag auf ihm, und ihre Brüste schaukelten vor seiner Stupsnase, und seine Hände grabschten herum, und während er noch suchte und nach ihren Brustspitzen schnappte und mit dem Hinterkopf immer wieder auf dem harten Gras aufschlug, ist's dann passiert, und er erschrak so heftig, daß er rot wurde und Olga sich die Hand vor den Mund hielt, weil sie so lachen mußte. Und der Rhein trug ihr Lachen bis zur Nordsee, und es gelangte bis zur Hochseeinsel Helgoland, wo ein Fischer es fing und seiner Frau mitbrachte, und sie waren guter Dinge die ganze lange Nacht. Was ich mir vorstell, davon kannst du nicht mal träumen, Oskar. Auch wenn Niko ein ausgemachter Lügner und Geschichtenerzähler war, so hatte er doch eine Zuneigung zu den Menschen, die er anschmierte. Falsches Zeugnis wider deinen Nächsten? Da lach ich ja, Oskar, man braucht bloß ein paar Geschichten zu erzählen, und schon stimmen die Gebote nicht mehr, sei ehrlich. Ich war immer stolz auf meinen Enkel, er war nicht so ein verdruckster Junge wie dem Nachbarn sein Georg, der vor dem Fahrradfahren genausoviel Angst hatte wie vor dem Schwimmen. Warst ein richtiger Draufgänger, Niko, und ich hab Blut und Wasser geschwitzt, wenn du vom Fünfmeterbrett gesprungen oder im Winter die Pisten runtergerast bist. Und jetzt paß auf: Deine Straßenbahnfahrerin hat mich besucht. Wir haben uns zufällig getroffen, sie kam grad mit ihrer Bahn vorbei, als ich an der Haltestelle Kapelle Kalk stand. Ich hab sie zu mir eingeladen, und sie ist gekommen. Sie war damals schwanger von dir und hatte das Kind wegmachen lassen. Du solltest es nie erfahren. Ich weiß nicht, warum sie es mir erzählt hat. Sie saß da in meiner Wohnstube und weinte. Wir haben Cognac getrunken, und dann sagte sie leise: Niko war ein richtiger Engel. Ein richtiger Engel.

Stimmt das, Oskar? Ein Engel, hab ich gesagt.

Wie mein kleiner Buzansky. Siehst du ihn? Das ist Buzansky. Ich nenne ihn Buza. Das kann er sich besser merken. Ruhig, mein Kleiner. Er ist der jüngste meiner Kater und außerdem der Sohn von Kuti, der noch im Korb ist bei Nandor und Puskas. Willi, mein Sohn, hat auch oft so gezittert wie Buza jetzt, in den fürchterlichen Nächten, wenn wir im Keller saßen und die Flieger über die Häuser kamen und wir das Feuer gerochen haben und unsre eigene Angst. Aber gekuscht wird nicht.

GEKUSCHT WIRD NICHT. Auch wenn der Pfarrer Pleng uns das eingebleut hat, immer wieder, kuschen und sich ducken. Nein, alles runterschlucken macht krank, Buza. Ja, leck ruhig den Knopf ab, warte, ich hab was für dich. Das ist Rindsleber aus der Metzgerei Klemm, die magst du, ja, verschluck dich nicht. Mehr gibt's nicht. Ruhig, Buza. Ich halt dich fest. Ich muß aufstehen. Geschafft. Dein Fell glänzt sogar in der Dunkelheit. So ein Nebel! Man sieht die Lichter der Altstadt kaum. Aber meine Augen gehen noch gut.

Knurr ruhig, wenn du willst. Ich halt dich am ausgestreckten Arm fest. Siehst du da unten den Fluß? Er ist jetzt ganz schwarz, wie dein Fell.

Hast du gesehen, Oskar? Er hat sich überschlagen, während er hinunterfiel, der kleine schwarze Kater. Jetzt ist er schon auf dem Weg ins Leberparadies. Ich schick ihm einen Kuß, den blas ich von zwei Fingern übern Fluß.

3

Im Sitzen brennen meine Beine weniger, und es ist gemütlicher, als im Stehen zu rauchen. Ich fitzel die Fluppen schon genauso aus dem Päckchen wie der Gottfried Esterland, jedesmal wenn er zur Tür reinkam am Morgen und sich auf seine fünf Buchstaben setzte und erst mal still war. Der alte Konditor ging ihm nicht aus dem Kopf, der Bublik, in der Kettenbrückengasse irgendwo in Wien. Ich wußte, was er dachte, denn er hat es mir mal erzählt, und er dachte immer dasselbe, Tag für Tag, jeden Morgen. Es war Ilona gewesen, Esterlands Frau, die das Café entdeckt hatte, und er behauptete, sie hätte ihre Augen überall gehabt, und alles, was sie angeschaut habe, sei augenblicklich schöner geworden.

Sieh mich an: Werd ich deswegen schöner? Denkste. Unter deinen Blicken verschrumpeln wir wie die Pflaumen. Woher nimmst du bloß dein Wohlgefallen an den Menschen, Oskar? Oder hat das einer deiner Evangelisten nur erfunden?

Ilona wollte immer, daß der Esterland von früher erzählt, als er in Wien ein Engagement als Schauspieler hatte, doch er hat ihr nichts erzählt, und dafür verfluchte er sich noch Jahre später, als er wieder in Wien war und zu Gast beim alten

Bublik; da hatte er so ein Verlangen danach, gegen die Tische zu treten und jedes Gesicht in seine Hände zu nehmen und zuzupacken und zuzudrücken vor Wut auf sich selber. Weil er ihr damals nichts erzählt hat aus lauter blödem falschem Stolz! Weil er lieber ihre Augen anschaute, als ihre Wünsche zu erfüllen! Wenn er ihr nämlich damals beim alten Bublik von seiner großen Rolle erzählt hätte und davon, wie er rezitierend in seinem Zimmer auf und ab gegangen war, fuchtelnd und schreiend, dann hätte er ein für allemal seine Erinnerungen mit ihr teilen können, und sie hätten das gleiche Gefühl gehabt in den Nächten: daß es klug gewesen war, mit dem Schauspielern aufzuhören und ein einfaches Leben zu führen, abseits von all dem Rummel.

So hab ich ihn im Alten Eck kennengelernt, und ich servierte ihm immer gleich ein Viertel Roten, und er ließ sich Zeit beim Trinken.

Einen Monat, nachdem sie aus Wien zurückgekehrt waren und alle Süßigkeiten aus der Konditorei Bublik aufgegessen hatten, fingen Ilonas Schmerzen an, und sie dauerten drei Jahre. Ilona Esterland konnte nicht mehr mithelfen im Getränkehandel Esterland. Samstags hatten sie bis drei am Nachmittag geöffnet, das war verboten, aber die Männer schätzten diesen Service und kauften mehr ein, als sie übers Wochenende saufen konnten.

Bald mußte Ilona dauernd zu irgendeinem Nemez.

Drei Wochen war sie in der Klinik, dann

durfte sie wieder heim. Esterland hat zu mir gesagt: Das hat alles keinen Sinn, Lilie, in meiner Ilona ist kein Leben mehr drin, das wissen die Ärzte, aber sie sagen nix. Wir können uns ja nicht wehren gegen die.

Und dann wollte Ilona nicht mehr aufstehen am Morgen, und Esterland rief den Arzt an, und der Arzt ließ sie wieder in die Klinik bringen. Und zu mir hat er gesagt: Ich hab sie gesehen, wie zwei Sanitäter sie in den Wagen hineingeschoben haben wie in einen Ofen, ein Laib Brot mit blauen Augen.

Deine Methode ist immer die gleiche, Oskar, was du einmal ausprobiert hast, dabei bleibst du, ich seh dir bei der Arbeit zu und staune immer noch über deine Mitleidslosigkeit; aber die braucht man wohl, sonst kommt man nicht weit in der Ewigkeit. Schau mich an! Ich bin nicht weit gekommen. Bis hierher, auf diese Brücke. Und keinen Schritt weiter.

Die Ärzte haben Ilona Esterland aufgeschnitten, und als sie wieder bei Bewußtsein war, sagte sie zu ihrem Mann, er solle sich nicht verrückt machen wegen der billigen Läden im Viertel, er soll nur weiter seinen Wein verkaufen und sein Bier und sein Mineralwasser mit und ohne Kohlensäure, und jeden Samstag bis um drei geöffnet lassen und sich einfach nicht sorgen. Einfach nicht sorgen. Und er stand neben ihrem Bett und schaute ihre Augen an wie ein Wunder.

Die Wohnung war so leer ohne Ilona, daß Esterland sich richtig verlaufen hat; er ist dauernd im Kreis gerannt und hat sich den Kopf an den Wänden angeschlagen und im Bett nach Zeichen von ihr gesucht, Millimeter für Millimeter. Hat er mir erzählt, als wir allein im Alten Eck waren.

Er besuchte sie jeden Tag im Krankenhaus, und jeden Tag wollte er den Chefarzt sprechen, aber die Oberschwester wimmelte ihn ab und sagte: Alles wird gut, alles wird gut, Herr Esterland. Hast du die Schwester ausgebildet, Oskar?

In seiner Wohnung ließ er den ganzen Tag das Fenster offen, weil er wieder angefangen hatte zu rauchen und nicht wollte, daß Ilona etwas roch, wenn sie wieder nach Hause kam. Und dann, eines Tages im November, kommt tatsächlich der Chefarzt auf ihn zu und gibt ihm die Hand. Da weiß er gleich Bescheid. Er läßt den Chefarzt einfach stehen und geht ins Zimmer zu Ilona. Das Bett ist weiß, und durch das offene Fenster weht der erste Schnee herein. Esterland zieht seinen Mantel aus und läßt ihn fallen. Er hat zu mir gesagt: Ihr Gesicht hat geschienen wie eine weiße Sonne. Das hab ich ihm sofort geglaubt. Und zum Chefarzt hat er gesagt: Sie stehen da wie ein Milchmann, dessen bester Kunde weggezogen ist. Der Chefarzt wackelte mit dem Kopf, das war alles. Göttliche Geste, meiner Meinung nach.

Nach dem Tod seiner Frau arbeitete Esterland bei der Stadtgärtnerei; keiner seiner Freunde hatte den Nerv, den Getränkehandel weiterzuführen. Die Supermärkte haben gewonnen! sagte er zu mir, kurz bevor er wegging für immer.

Ich krieg keine Luft. Meine Bronchien, hörst du das, irgendwas stimmt da nicht. Tut weh bei diesem Wetter. Katzen haben ein feines Gehör. Oder sind das die Bären?

Er ist wieder nach Wien gefahren. Diesmal aber ging er nicht in die Konditorei zum alten Bublik, sondern zum Kanal. Er zog sich aus und stieg pudelnackt ins Wasser. Später fischte ihn die Polizei heraus und photographierte ihn. Gottfried Esterland. Pünktlich, auf die Minute, um halb neun kam er jeden Tag ins Alte Eck, fitzelte seine Fluppe aus der Hosentasche und setzte sich hin und war erst mal still.

Und war erst mal still. Er hat sich oft gefürchtet. Vor sich selber und vor dir. So wie ich als Mädchen, als ich nachts wach im Bett lag. Nebenan waren meine Eltern, und mein Vater redete laut auf meine Mutter ein, immer lauter, bis sie weinte und er sie schlug. Ich zog die Zudecke noch fester über den Kopf, und da unten roch es nach Rosen, denn meine Mutter tat immer einen Tropfen Rosenöl auf mein Kopfkissen und sagte, das macht schöne Träume. Aber bis es soweit war, verging eine Ewigkeit. Ich hörte meinen Vater toben, und es fielen Tassen und Teller zu Boden, und meine Mutter wimmerte, und ich wollte meinen ganzen Mut zusammennehmen und aufstehen und rübergehen und meinen Vater festhalten und so lange schütteln, bis er wieder freundlich ist. Ich hab mich nicht getraut. Dabei war ich schon sieben Jahre alt.

Also hab ich Thomas zu Hilfe gerufen, und

Josef, Almut, Katharina und Franziska. Sie kamen, wann immer ich sie rief. Sie krochen zu mir unter die Zudecke, und ich fragte sie um Rat. Josef steckte sich eine Zigarette an und blickte erwachsen zu Boden. Franziska nahm mich in den Arm, und Katharina kämmte meine Haare, die waren damals lang und dicht und ein wenig rot, wie die meines Vaters. Almut war eine Aufrührerin, sie forderte uns auf, uns anzuziehen und gemeinsam rüber ins Zimmer zu stürmen und Klarschiff zu machen. Das war leicht gesagt, und weil wir zögerten, schimpfte sie uns und nannte uns Feiglinge und Bücklinge. Ich wollte kein Bückling sein, und Josef auch nicht, und er trat großspurig seine Zigarette aus und packte Almut am Kragen wie ein Cowboy einen Banditen. Doch das konnte Almut überhaupt nicht erschüttern, sie gab ihm eine Kopfnuß, und er krümmte sich und jaulte wie Hirse, Katharinas kleiner Hund.

So verbrachten wir aufgeregt viele Stunden, und ich achtete nicht mehr auf meine Eltern, und irgendwann schlief ich ein und träumte was Schönes, und am nächsten Morgen weckte mich meine Mutter mit einem Kuß, und die Welt war wieder gut.

Einmal, als meine Verbündeten schon gegangen waren in der Nacht, hörte ich die Tür laut schlagen und dann ein Poltern und Rumpeln, und mein Vater grölte durchs Haus und rief den Namen meiner Mutter. Die Tür zu ihrem Zimmer war verschlossen. Er schlug mit den Händen dagegen, ich hörte das Klatschen, und er trat mit den Stiefeln dagegen, und ich hab gedacht, wenn er die Tür aufbricht, macht er meine Mutter tot. Sie machte nicht auf. In der Kaltenküche, wo wir unsere Speisen und Getränke aufbewahrten, warf er mit Bierflaschen um sich, und dann war es auf einmal still.

Ich zog die Decke so fest wie noch nie über den Kopf. Ich flüsterte Katharinas Namen, weil ich mich bei ihr verstecken wollte. Aber sie hörte mich nicht. Er kam in mein Zimmer, und ich hörte, wie schwer er atmete. Dann trank er und schmatzte. Und ich krallte meine Hände in die Zudecke und traute mich nicht mehr zu flüstern. Almut, wollte ich flüstern, Almut, jetzt mußt du mich befreien und meinem Vater eine große Kopfnuß verpassen, genauso wie Josef, aber zehnmal stärker.

Er setzte sich auf die Bettkante. Ich hörte ihn wieder schmatzen, obwohl er nicht trank. Und er legte seine Hand auf die weiße Zudecke, sie war schwer und versank in den Daunen. Die Hand meines Vaters landete auf meinem Bauch, und ich hielt den Atem an, denn ich wollte die Hand nicht erschrecken. Ich dachte, in der andern Hand hält er die Bierflasche, aber ich hab mich getäuscht. Die andre Hand tauchte plötzlich auf meinem Kopfkissen auf und kroch auf mich zu, und ich krümmte mich, ich zog die Beine an und machte mich so klein ich konnte, wie ein Däumling, und das war nicht klein genug. Auf einmal war die Decke weg. Ich hab aber nichts gesehen, meine Augen waren fest zu, und dann hab ich dich gerufen. Hilfe, Oskar, hilf mir! hab ich gerufen, ganz leise, und du wolltest wissen, woher ich deinen Namen weiß. Verrat ich dir nicht, hab ich gesagt, und du hast mich bei der Hand genommen. Du darfst nicht weinen, hast du gesagt, und ich wischte mir die Tränen ab. Ich darf nicht weinen. Ich wollte dir eine Freude machen, also hab ich aufgehört. Und auf einmal warst du verschwunden. Einfach nicht mehr da. Warum hast du mich sofort wieder allein gelassen? Oskar, ich hab dich was gefragt! Warum warst du so schnell wieder weg?

Irgendwann rubbelte mich meine Mutter mit einem großen Handtuch ab, und ich klapperte dazu mit meinen kleinen Zähnen, das hör ich heute noch. Sie drückte mich an sich, und ich klammerte mich fest und wollte sie mitnehmen ins Bett. Sie legte mich hinein, und das Kopfkissen roch nach Rosen, und alles war sauber und trocken. In dieser Nacht brannte das Licht, obwohl wir sparen mußten. Ich hab immer nur an die Decke gesehen. Von oben, hab ich gehofft, Oskar, daß du wiederkommst und mir eine Geschichte erzählst oder einfach nur da bist. Keinen Ton hab ich rausgebracht. Nicht mal genug Kraft hatte ich, um meine Verbündeten Josef, Katharina, Franziska und Almut zu rufen. Ich lag wach da und starrte an die Decke, die weiß war mit grauen Streifen. Auf dem Fensterbrett brannte das elektrische Licht, und der Stuhl machte einen unheimlichen Schatten auf dem

Boden. Ich schaute nur einmal ganz schnell hin, dann wieder zur Decke hinauf. Bis es Morgen wurde und meine Mutter kam und mich fragte, was ich frühstücken möchte. Ich wollte nichts essen und trinken, und meine Mutter sagte, ich bräuchte heut nicht in die Schule. Ich wär aber gern hingegangen und hätt freiwillig die Tafel geputzt und das Gebet gesprochen.

Zu Mittag sind wir in den St.-Johannes-Park gegangen und haben Bockwürste gegessen, und ich hatte wieder Hunger, und meine Mutter fragte mich, ob ich ihr was zu sagen habe. Ich lief von ihr weg zum Spielplatz und setzte mich auf die Schaukel, bis mich eine fremde Frau anschubste und ich hoch hinaufschaukeln konnte. Ich hätte fast die weißen Wolken mit der Hand anfassen können, aber ich hab mich nicht getraut, das Seil loszulassen.

Zehn Jahre später kam mein Vater eines Abends nicht nach Hause, und meine Mutter sagte, er wäre bei der Arbeit im Sägewerk zusammengebrochen und nicht wieder aufgewacht. Bei der Beerdigung hab ich nicht geweint, und meine Mutter auch nicht, das hab ich gesehen. Im Bett hab ich deinen Namen gerufen, Oskar, und du bist tatsächlich gekommen, und ich hab dich gefragt, warum du mich verlassen hast in jener Nacht. Du hast mir keine Antwort gegeben, und ich frag dich noch immer: Warum hast du mich allein gelassen?

Man kann den Himmel jetzt gar nicht sehen, so schwarz ist alles da oben.

4

Schluß jetzt! Weg da, du reißt mir noch den Knopf ab! Also gut, du kriegst noch ein Stück Leber. Warte. Warte doch! Hör auf zu beißen, Kuti! Hier. Erst kauen, dann schlucken. Warum rede ich überhaupt mit dir, du hörst mir doch nicht zu. Wie grau der Fluß ist. Und es nieselt wieder. Dafür hat der Wind aufgehört. Es gibt nichts mehr, Kuti, laß das! Meinen Daumen kriegst du nicht! Hör auf!

Meine Füße sind eisigkalt. Dafür brennen die Beine; tu was dagegen, Oskar.

Vielleicht hätt ich doch was zum Trinken mitnehmen sollen.

Vielleicht hätt ich zu Hause bleiben sollen bei meinen Töchtern und heulen.

Aber mir ist nicht nach Heulen zumute. Dir auch nicht, stimmt's, Kuti? Ja, schmatz nur, aber hauch mich nicht an, das vertrag ich nicht. Rohes Fleisch! Tief durchatmen. So, jetzt geht's wieder besser. Du sollst mich nicht beißen! Komm her, komm her zu mir, ja, grab deinen Kopf in den Mantel, das ist ein sicherer Ort, den kennst du, gefällt dir das, wenn ich dich im Nacken kraule? Schon wieder ein Radfahrer, der ohne Licht fährt. Das ist lebensgefährlich, junger Mann. Die meisten Radfahrer heutzutage sind behämmert, anders ist das nicht zu erklären, wie die sich im Straßenverkehr benehmen. Raimund hab ich immer beschimpft deswegen, er trank fünf oder sechs Viertel Veltliner, und dann setzte er sich auf sein Fahrrad und fuhr ohne Licht los. Ein alter Knacker, er konnte sich schon bei Tag und nüchtern kaum auf den zwei Rädern halten. Dich komm ich im Krankenhaus nicht besuchen! hab ich zu ihm gesagt. Das war ihm egal. Er fragte bloß, wo seine Würstel bleiben, und ich hab sie ihm gebracht, und er hat reingehauen.

Mir wären solche Würstel jeden Morgen schnell zum Halse rausgehangen. Oder sagt man: rausgehängt? Zum Halse rausgehängt? Ihm hat das nichts ausgemacht, ihm waren die heißen Dinger grad recht. Ein bescheidener Mensch. Obwohl er es sich leisten konnte, acht Monate im Jahr zu verreisen. Zum Beispiel nach England. Luton, glaub ich. So heißt angeblich ein Flughafen dort, auf dem er immer gelandet ist, wenn er nach England kam. Ins Vereinigte Königreich.

Du hast ihn sicher fliegen lassen, Oskar, das muß man dir lassen, andere hatten weniger Glück. Muß ein gewaltiger Anblick für dich sein, wenn die Flugzeuge vom Himmel fallen und auf den Boden krachen oder ins Meer. Gibt's dann Beifall in deiner Umgebung?

Er spazierte über die Golfplätze, über Weiden und Äcker in England, sagte er zu mir, der Raimund Kupferstecher, wenn er seine Würstel aß und den Senf aus der Plastikverpackung drückte. Mein Chef hat die kleinen Senftöpfchen abgeschafft, weil er behauptete, die Leute würden den Senf sinnlos verschwenden, und mein Chef war ein geiziger Patron; aber sonst war er der beste Chef, den's gibt. Kupferstecher sagte immer: Ich muß raus aus der Stadt, sonst schrumpf ich ein.

Ich bin auch eingeschrumpft. Oder ist das die Kälte? Ich bleib mal besser sitzen.

Wie es da so aussieht, hab ich ihn gefragt, den Kupferstecher, in England, in Afrika, in Neuseeland, in Australien, in Mexiko, in Rußland. Und er sagte bloß, die Menschen sind kleiner als bei uns, oder sie sind freundlicher oder verschwiegener, mehr war aus ihm nicht rauszukriegen. Nie hat er irgendwas Schlechtes über die Leute gesagt. Vielleicht hat er keine Meinung über sie gehabt. Aber das glaube ich eigentlich nicht. Er wollte einfach nicht ungerecht sein. Wir haben ihn natürlich ausgequetscht, für uns war das was Besonderes, so ein Weltreisender am Stammtisch im Alten Eck. Doch wirklich geredet hat er nur über das Essen in Afrika und weiß Gott wo und über die Vergangenheit, die hat er nicht aus seinem Kopf rausgebracht, sooft er davon angefangen hat. Mein Raimund.

Ruhe im Korb! Also gut, dann geb ich euch noch ein Stück. Schmeckt die Leber vom Klemm? Du kriegst nichts mehr, Kuti, du hast genug gehabt.

Bin ich jetzt erschrocken! Kann mir einer erklären, warum diese Straßenbahnfahrer mitten auf der Brücke wie blöde auf die Klingel hauen? Es kommt ihnen doch nichts entgegen!

Es nieselt und nieselt, dein Himmel wird immer schmieriger, Oskar. Ich seh das, meine Augen gehen noch gut. Ich seh auch die dreckigen Tauben auf dem Geländer, aufgeplusterte Ekelpakete. Weg mit euch! Gschsch! Rühren sich nicht vom Fleck, die Biester. Sollen die mich bewachen, Oskar? Damit ich mich nicht aus dem Staub mach? Mach ich nicht. Ich bleib hier. Kannst mir nichts mehr anhaben.

Er kann uns nichts anhaben, Kuti, die Zeiten sind vorbei.

Jetzt paß auf: Er hatte immer ein Photo bei sich, unser Raimund, auf dem seine Kameraden drauf waren; einer von denen konnte einen Fluß stromaufwärts schwimmen und tauchen wie eine Forelle; ein anderer brüllte beim Kartenspielen immer durchs Lokal, daß die Hühner im Hinterhof ganz wild wurden; und einer trug diese klobigen Stiefel und knallte die Hacken aufs Pflaster und marschierte und wußte nicht, wozu. Das war er, Raimund Kupferstecher, unser Würstelesser. Er zeigte mir das Photo und sagte: der links, das ist Johann Laabsag, der mußte nach Rußland und ist durchgekommen. Und ich brachte Raimund noch einen Senf extra, den scharfen, weil er den so gern hatte, und ich hab nichts extra dafür berechnet.

Wenn man ihn so ansah, wie er dasaß und seine Würstel kaute, langsam und genüßlich, dann hätt man nicht gedacht, daß es sich um einen wohlhabenden Menschen handelte.

Sein Vater war Hausmeister in einem Haus,

dessen Besitzer von der Partei befördert wurde, nach ganz oben, an die Spitze; und der ist eines Tages verschwunden gewesen. Vielleicht war er erstickt am Gestank in den Hauptquartieren und Oberhauptquartieren, oder er war direkt in den Himmel befördert worden zu dir, Oskar, zum heiligen Führer. Jedenfalls meldete er sich nicht mehr, der Hausbesitzer. Und dann erhielten die Kupferstechers ein Schreiben, in dem stand, daß das Haus jetzt ihnen gehörte. Der beförderte Bräunling hatte ihnen das Haus überschrieben. Raimunds Mutter machte erst mal eine Flasche Wein auf und las den Brief fünfmal hintereinander laut vor und hielt die Unterschrift gegen das Licht. Alles echt und beglaubigt, die Kupferstechers waren Hauseigentümer geworden. Niemand fragte irgendwas. Der alte Kupferstecher richtete die Zimmer her, strich die Wände neu, installierte Klos und so Sachen. Seine Frau machte den Haushalt und versorgte den Jungen, unsern Miniwürstelesser. Zwanzig Familien und Ehepaare wohnten in dem Haus und bezahlten ordentlich Miete dafür. Raimund hat ganz schön geschuftet, nachdem ihm seine Eltern das Anwesen vererbt hatten. Er ließ den Kasten komplett renovieren und verlangte anschließend die dreifache Miete. Jeder bezahlte, und keiner nannte ihn einen Betrüger. Er beschäftigte einen Verwalter, der die Leute zusammengeschissen hat, wenn sie laute Feste veranstalteten oder das Treppenhaus schmutzig war, und Raimund kontrollierte nur noch jeden

Monat sein Bankkonto, ob alles seine Ordnung hatte. Nur verheiratet war er nicht, der Raimund.

Meine Hand juckt. Katzenspucke. Wenn die Hand juckt, gibt's Geld.

Ich hab dich gesehen, Puskas, leg dich in den Korb und gib Ruhe. Und du, Kuti, hör auf, dauernd meine Finger abzuschlecken, davon werden sie auch nicht frischer.

Raimund hatte keine Frau, und ich hab ihn gefragt, wie er das aushält, allein allezeit, und er hat nichts gesagt. Er strich sich mit dem Finger über die Narben, die er unter dem rechten und dem linken Ohr hatte, und ich wußte, woran er dachte. Ich durfte die Geschichte niemandem erzählen, und das hab ich auch nicht getan, bis heute nicht.

Es war im Krieg, und Kupferstecher, ein junger schmuckes Soldat, drang mit seiner Truppe in ein Krankenhaus ein, um über die Schwestern herzufallen. Sie waren ausgehungert, die jungen Männer. Und da war eine Schwester, Silvia hieß sie, und die betreute die Kranken und Halbtoten in einem Zimmer, und als sie Raimund sah, lief sie auf ihn zu, schlang die Arme um ihn und weinte. Und der Kommandeur rief: Zeig, was du kannst, kupferner Stecher! und lachte, und je lauter er lachte, desto lauter weinte das Mädchen. Und dann reißt der Kommandant das Mädchen herum, wirft es auf den Boden und springt auf sie drauf. Da packt der Raimund den Kopf seines Vorgesetzten und zieht ihn nach hinten, doch der Kommandant ist flink und zerrt ihn über sich hinweg und schleudert ihn gegen die Wand, drückt ihn auf den Rücken und biegt seine Arme auseinander. Und dann trommelt er mit seinen Knien auf Raimunds Oberarme. Man kann sich nicht vorstellen, wie das weh tut. Raimund schreit um Hilfe, aber niemand hilft ihm.

Einer der Soldaten zeigt auf Silvia, und der Kommandant nickt, und der Soldat stürzt sich auf das junge Ding und reißt ihr die Kleider vom Leib. Aber der Kommandant hat ein Messer in der Hand und läßt es über Raimunds Gesicht baumeln, der immer noch schreit, und sein Schreien und das Schreien des Mädchens sind ein einziges Grauen. Der Kommandant streift mit dem Messer an Raimunds Mund entlang, und über die Augen, und dann, ganz plötzlich, ritzt er ihm unterhalb des rechten Ohrs einen Strich in die Haut. Raimund muß gebrüllt haben wie am Spieß. Und dann, genauso plötzlich, ritzt der Kommandant einen zweiten Strich in die Haut, diesmal unter dem linken Ohr, und Raimund schreit sich die Seele aus dem Leib. Blut tropft aufs Linoleum, und der Kommandant sticht zu. Das Messer rast neben Raimunds Kopf in den Boden. Und der Kommandant lacht und springt auf.

Das Mädchen liegt reglos auf dem Boden. Der Soldat schnallt seinen Gürtel zu, und die Männer verlassen das Zimmer. Ihre Schritte waren fürchterlich, hat er mir erzählt. Er kniet sich hin und greift nach einem Lappen, der über dem Bett hängt. Er kriegt ihn nicht zu fassen, er muß aufstehen; und das fällt ihm unsäglich schwer. Nur nicht schreien! sagt er zu sich, nur nicht schreien! Die Augen des Mädchens sind geschlossen, Rock und Bluse zerrissen, und sie blutet. Raimund sagte, er hat gehofft, sie sei tot, weil sie dann keine Schmerzen mehr hätte und sich nie mehr zu erinnern bräuchte. Endlich kriegt er den Lappen überm Bett zu fassen, und er drückt ihn auf seine blutenden Wunden.

Da sieht er, daß das Mädchen noch am Leben ist, ein winziges Beben ist in ihrer Brust. Er kriecht zu ihr und legt die Arme um sie. Mühevoll und mit pochenden Schmerzen in den Ohren erhebt er sich, nimmt das Mädchen, wie bei einer Puppe schlenkern ihre Arme, und legt sie aufs Bett, neben einen dürren Mann, der leise röchelt, aber Raimund kümmert sich nicht darum. Er braucht ein Handtuch, um das Blut zu stillen. Aus dem Hahn kommt eisiges Wasser, er hält ein Handtuch drunter und preßt es auf seine Wunden. Sein einziger Gedanke ist: Bloß das Mädchen nicht aus ihrer gnädigen Ohnmacht wecken! Dann taumelt er und fällt.

Als er wieder zu sich kommt, steht ein Arzt an seinem Bett, und er fragt ihn sofort nach dem Mädchen, und der Arzt sagt: Sie schläft. Einen Tag später erfährt Raimund, daß Silvia aus dem fünften Stock gesprungen ist und gleich tot war.

Da hab ich meinem Raimund den Arm um die Schulter gelegt, obwohl man so was ja nicht macht bei den Gästen, aber er war ein besonderer Gast, und er hat mich gebeten, niemandem und niemals davon zu erzählen, und ich hab's ihm geschworen. Sein Haus hat man ihm nicht weggenommen nach dem Krieg. Oft sagte er zu mir: Ich hab einen Brief und einen Vertrag, doch eine Klausel gibt's darin nicht, die besagt, daß jedes Zimmer gegen mich verwendet werden kann. Am Anfang hab ich nicht begriffen, was er damit meinte. Er sagte, das Haus ist nicht eingestürzt im Krieg, so wie wir, wir sind ein Haufen grauer Steine. Solche Gedanken wollte ich ihm ausreden, wir konnten nichts dafür, daß alles so gekommen ist, uns hat niemand gefragt, und den Raimund Kupferstecher auch nicht. Ich sag zu ihm, daß er nichts dafür kann, wenn sein Vater Hausmeister von einem Nazi war und wenn der Nazi ihm dann sein Haus vermacht hat. So was kann man doch nicht ablehnen, daraus kann man niemandem einen Strick drehen, dem alten Kupferstecher nicht, und dem Raimund auch nicht!

Wir haben oft darüber gesprochen, wenn wir allein waren, ohne die anderen, Esterland und die übrigen vom Stammtisch. Er saß da, kaute seine Würstel mit Kartoffelsalat und achtete darauf, seinen schwarzen Seelenwärmer nicht zu besabbern; drunter trug er meist ein blaues Hemd und dazu die schwarze Standardhose. Gepflegte Erscheinung. Und er blieb immer bis nach der Sperrstunde, manchmal bis halb zwei, und manchmal setzte sich Pilartschek zu ihm, und dann tranken sie was zusammen und schwiegen sich an, der Wirt und sein Gast.

Ich hab verstanden, daß der Raimund am liebsten immer nur dageblieben wär, den ganzen Abend, die ganze Nacht. Er hat mir so viel erzählt vom Atlantik und von Afrika, von unglaublichen Getränken und sagenhaften Speisen, mir lief immer das Wasser im Mund zusammen, wenn er damit anfing. Dann holte er sein Portemonnaie hervor, gab mir zehn Mark Trinkgeld und sagte: Auf Wiedersehen, die Herrschaften. Und weg war er. Das fällt auf, wenn so einer plötzlich nicht mehr kommt. Ich hab gewartet, und er kam nicht. Nur die Polizei ist gekommen und hat uns die Nachricht gebracht. Raimund ist mit seinem Fahrrad ohne Licht von einem Auto ohne Licht überfahren worden. Alle beide betrunken, Raimund und der Autofahrer, der aber nichts abgekriegt hat, nur seine Karre war kaputt. Ich wollte Raimund sehen, doch der Sarg war schon zu. Wir standen am Grab, und es fing an zu schneien, und der Pfarrer Pleng ließ seinen Sermon los, und ich hätte gern gewußt, wieso manche Schutzengel so jämmerliche Versager sind.

Oskar? Das mußt du doch wissen! Handeln sie auf eigene Faust oder in deinem Auftrag? Vergessen die ihren Job einfach, wenn kein Licht brennt an den Autos und Fahrrädern?

Wir haben eine Kerze auf den Stammtisch gestellt und sehr viel Cognac getrunken an diesem Tag. Pilartschek bezahlte die gesamte Zeche aus der eignen Tasche, und Frenzi, meine Kollegin, sammelte Geld für einen Grabschmuck, und wir ließen uns alle nicht lumpen.

Sein Vermögen hat Raimund angeblich einem Heim für Behinderte vermacht. Mit der Kirche hatte er's nicht so. Der Vatikan, sagte er, unterwandert Afrika. Wahrscheinlich hättest du dir von irgend so einem Negerfürsten eine Kathedrale bauen lassen. Oder ein supermodernes Papamobil für deinen Stellvertreter. Du sollst Gutes tun, steht in der Bibel. Tut dein Stellvertreter Gutes? Genügt ein Kuß auf die Rollbahn? Und urbi et orbi? Und das Wettern gegen die Pille, und das am Ende des zwanzigsten Jahrhunderts in Afrika? Ich bin eine alte Frau, die ihr Leben in einer Gaststube verbracht hat, und ich bin nicht viel herumgekommen, einmal nach Hamburg, einmal nach Helgoland, und wenn sich mein Sohn nicht dauernd verfahren hätte hier in Kalk, dann hätt ich noch weniger von der Welt gesehen. Aber ich hab eine Menge Menschen kennengelernt, und die haben alle irgendwann gefroren, innerlich, wenn ich das so sagen darf. Vielleicht hatten sie zuviel getrunken, wenn sie geredet haben oder geheult, vielleicht war das Alte Eck nicht gerade der ideale Ort für eine übermütige Stimmung, doch es war ein Ort wie jeder andere, an dem man bewirtet wird und bleiben darf, solange man möchte. Und jeder Mann, dem ich zugehört hab, und jede Frau, mit der ich gesprochen hab, hat eine Geschichte erzählt oder gestottert oder gelallt, die davon handelte, wie schwer das Weitermachen ist und warum man jeden Morgen wieder nicht weiß, wie der Tag wohl endet. Ich hab Gäste gehabt, die hatten solche Angst, daß sie nicht einmal mehr trinken konnten, sie hielten ihr Glas mit beiden Händen fest, sie klammerten sich daran und glaubten schon lang nicht mehr an einen, der sie auffängt. Also hab ich ihnen zugehört und mit ihnen gesprochen, und das war alles, was ich Gutes tun konnte in meinem Leben.

Wenn ich du wär, Oskar, ich würd mich schämen hinter diesen Wolken aus Zement. Du jagst uns hierher, und wir nehmen brav jeden Tag an, wir weisen keinen ab, und du siehst, wie wir uns krümmen, und wendest dich ab.

Siehst du, ich kann noch stehen. Zieh deine Krallen ein, Kuti, es hat keinen Zweck. Hab keine Angst, wenn ich jetzt meinen Arm ausstrecke und dich übers Geländer halte. Du zerfetzt ja die ganze Luft, so wie du herumstrampelst mit deinen Krallen.

Hast du gesehen, Oskar? Er hat mir noch einen Blick zugeworfen, bevor er hinunterfiel, der kleine starke Kater. Jetzt ist er schon auf dem Weg ins Leberparadies. Ich schick ihm einen Kuß, den blas ich von zwei Fingern übern Fluß.

Da staunst du, Oskar, ja, staun nur. Staun!

5

Hilft mir doch einer! Alles tut weh in den Beinen. Besser wieder hinsetzen. Komm zurück, Buza! Komm wieder zurück, Kuti! Warum bin ich nicht in meinem Zimmer geblieben? Im warmen Haus Sonnenfels! Was ich getan hab, ist Sünde. Du sollst nicht töten.

Du sollst nicht töten.

Oskar? Bist du da?

Mach, daß ich wieder gehen kann. Ich will hier nicht stehen, die lachen mich ja aus, die Leute in den Straßenbahnen und in den Autos, und die Fahrradfahrer. Niemand soll mich sehen, nur du. Ich hab niemandem mehr was zu sagen, auch nicht meinen Kindern. Nur dir, Oskar. Und wenn du das alles zum zehnten Mal hörst, heute ist es das letzte Mal, das versprach ich dir.

Nur drei Schritte bis zum Stuhl, nur drei. Am Geländer festhalten. Da drüben steht der schwarze Dom. Hilf mir. Warum hilfst du einer verlorenen Seele nicht? Wer gibt dir das Recht, so zu sein?

Ich flehe dich an. Ich friere. Meine Schuhe sind aus Eisen, und mein Mantel taugt nichts. Und ich werf meine Katzen in den Rhein. Und erzähl dir mein Leben, damit du nicht vergißt, was geschehen ist. Warum erinnerst du dich nicht an mich? Ich bin es, Lili. Lilie Stummvoll ist mein Name. Ich bin hier! Mach noch einmal, daß ich gehen kann. Nur drei Schritte. Das ist doch keine Entfernung für einen wie dich. Drei Schritte sind für dich doch ein Furz.

Hör mir zu, hör mir zu, das wird dich erfreuen: Dann sprach Gott alle diese Worte: Ich bin Jahwe, dein Gott, der dich aus Ägypten geführt hat, aus dem Sklavenhaus. Du sollst neben mir keine anderen Götter haben.

Hab ich nie gehabt!

Du sollst dir kein Gottesbild machen und keine Darstellung von irgend etwas am Himmel droben, auf der Erde unten oder im Wasser unter der Erde.

Hab ich nie getan!

Du sollst dich nicht vor anderen Göttern niederwerfen und dich nicht verpflichten, ihnen zu dienen. Denn ich, der Herr, dein Gott, bin ein eifersüchtiger Gott.

Das weiß ich, Oskar. Ich weiß auch, was Eifersucht ist. Da sind wir uns ähnlich, siehst du?

Bei denen, die mir feind sind, verfolge ich die Schuld der Väter an den Söhnen, an der dritten und vierten Generation; bei denen, die mich lieben und auf meine Gebote achten, erweise ich Tausenden meine Huld. Du sollst den Namen des Herrn, deines Gottes, nicht mißbrauchen; denn der Herr läßt den nicht ungestraft, der seinen Namen mißbraucht.

Ist das meine Schuld? Hab ich deinen Namen mißbraucht? Ich hab ihn immer zärtlich ausgesprochen, du bist mein einziger Oskar, und ich hab es nicht verdient, daß du mich strafst. Ich kenne deine Worte, ich war immer eine gute Zuhörerin, frag den Pfarrer Pleng.

Gedenke des Sabbats: halte ihn heilig. Sechs Tage darfst du schaffen und jede Arbeit tun. Der siebte Tag ist ein Ruhetag, dem Herrn, deinem Gott, geweiht. An ihm darfst du keine Arbeit tun: du, dein Sohn und deine Töchter, dein Sklave und deine Sklavin, dein Vieh und der Fremde, der in deinem Stadtbereich Wohnrecht hat.

Wer ist das eigentlich, der Fremde? Einer deiner Spione? Du selbst? Mach keine Witze, Oskar!

In sechs Tagen hat der Herr Himmel, Erde und Meer gemacht und alles, was dazugehört; am siebten Tag ruhte er. Darum hat der Herr den Sabbat gesegnet und ihn für heilig erklärt.

Heute ist Samstag, Oskar. Morgen werde ich ruhen.

Ehre deinen Vater und deine Mutter, damit du lange lebst in dem Land, das der Herr, dein Gott, dir gibt. Kein Problem damit. Hab's getan.

Du sollst nicht morden.

Kommt nicht in Frage. Nein, ich morde nicht. Was ich tue, kommt aus der Not und der Wut, und ich kann nicht anders.

Du sollst nicht ehebrechen.

Hab ich niemals getan. Und da waren Männer und Gelegenheiten, aber ich habe meinen Wilhelm nicht betrogen, auch wenn ich Lust dazu hatte. Ja. Ich hab Lust gehabt, so was kannst du dir nicht vorstellen.

Du sollst nicht stehlen.

Das kann nur einer fordern, der nie einen Krieg erlebt hat. Und wie ich gestohlen hab! Brennholz, Gerümpel zum Verfeuern, Brot auch, und eine Uhr, die jemand verloren hatte, die hab ich gestohlen und getauscht gegen Kartoffeln und Eier. Wenn ich nicht gestohlen hätte, wären wir verhungert, nur damit auch das klar ist.

Du sollst nicht nach dem Haus deines Nächsten verlangen, du sollst nicht nach der Frau deines Nächsten verlangen, du sollst nicht nach seinem Sklaven oder seiner Sklavin verlangen, nach seinem Rind oder nach seinem Esel oder nach irgend etwas, das deinem Nächsten gehört!

Du sollst überhaupt nichts verlangen, wär dir das am liebsten? Nichts verlangen und alles ertragen.

Hab ich die Probe bestanden? Immerhin kann ich wieder gehen. Endlich sitzen. Ich streck die Beine aus, vorsichtig, wie das brennt! Danke, daß ich sitzen darf. Zu langes Stehen quält mich, und zu langes Sitzen auch.

Ich bin mir die Beine vertreten gegangen heut mittag nach dem Essen im Alten Eck. Ich hab noch einmal die Hände der Trauergäste geschüttelt, und dann hab ich mich aus dem Staub gemacht. Erika, Iris und Rose haben ziemlich verdutzt aus der Wäsche geschaut. Was hätt ich ihnen sagen sollen? Ich sagte: Ich muß mir mal die Beine vertreten, bin gleich wieder zurück. Hannes half mir in den Mantel, und Meyer, der neue Wirt, hielt mir die Tür auf. Dann kam Pfarrer Pleng oder wie er heißt auf mich zu und sagte: Gott steht Ihnen bei, Frau Stummvoll. Beinah hätt ich geantwortet: Weiß ich doch, hab ich doch fünfundachtzig Jahre lang erlebt! Ich hab nichts gesagt, ich hab genickt und bin nach draußen gegangen auf die Meyerstraße. Die ist nicht nach dem Wirt benannt, das ist göttliche Fügung, daß die so heißt.

Alles war grau, und die Straße sah noch heruntergekommener aus als sonst. Vorne, am türkischen Kiosk, standen die Jungs und tranken ihre Brause. Uludag. Pappsüßes Zeug. Daß denen nicht auf der Stelle die Zähne ausfallen! Den Türken, der den Kiosk betreibt, nennen sie Uludag, und er hat nichts dagegen. Ich sag auch Uludag zu ihm, und er sagt Frau Lili zu mir. Bei ihm kriegt man alles, was man in Notfällen braucht: Klopapier, Nudeln, Schnaps, Kerzen, Kekse, sogar Kartoffeln und Butter. Ich winkte ihm zu, und er rief: Tach, Frau Lili, wie immer, und die Jungs grinsten, wie immer, und einer äffte Uludag nach und rief: Tach, Frau Lili.

Den Namen hab ich eigentlich immer gehaßt, früher, in der Schule. Lilie, oder Lili. So heißt man doch nicht. Ich wollte meine Mutter immer fragen, warum sie mir nicht einen anderen Namen gegeben hat, Verena, Johanna, egal, bloß nicht Lilie. Ich hab zu lange damit gewartet. Meine Mutter ist verhungert, nachdem auch ihr zweiter Mann, mein Stiefvater, sie verlassen hat. Sie hatte Angst vor jedem Stück Fleisch auf dem Teller, sie fürchtete sich, es könnte sie fressen:

daß das Stück Fleisch zuschnappt und sie verschlingt, das Schnitzel, die Roulade, das Hähnchen, das Eisbein. Am Anfang hab ich gedacht, sie ist überdreht oder ein wenig beschwipst, aber dann begriff ich, daß sie ja nie Alkohol trank und immer dünner wurde und sich wahrhaftig gefürchtet hat. Mehr als du dir wünschen kannst, Oskar! Sie hat sich für hundert andre mitgefürchtet, nimm das zur Kenntnis, falls deine Statistik mal nicht stimmt.

Meine Mutter hatte Angst, daß sie in der Suppe ertrinkt; daß ihr Kopf nach vorne kippt und die Brühe sie in die Tiefe zieht wie ein Meeresstrudel; daß sie nie mehr auftaucht. So ist meine Mutter Maria verhungert. Sie lag im Bett und fror, und ich hab ihr Tee gebracht, aber sie hat ihn nicht getrunken, sie starrte die Tasse nur an und versteckte ihren Kopf unter der Zudecke. So wie ich das getan hab als Mädchen. Der Arzt sagte, sie friert so, weil sie nichts im Leib hat, sehr gute Erkenntnis. Er behandelte sie mit lauter solchen Sätzen, von denen ich kein Wort geglaubt hab. Außerdem sagte er dauernd Lili zu mir anstatt Lilie, und ich traute mich nicht, ihm zu widersprechen, um meine Mutter nicht böse zu machen. Er brachte sie auch nicht dazu, was zu essen, und ich mußte den ganzen Tag den Kohleofen heizen, damit sie weniger fror. Sie lag auf dem Kanapee und starrte zur Decke, von morgens bis abends. Ich wollte für sie beten, aber ich brachte den Text nicht mehr zusammen. Ich kniete auf dem schmutzigen Linoleumboden in unserer Küche und murmelte: Vater unser der du bist im Himmel geheiligt werde dein Name dein Reich dein Wille und so weiter geschehe im Himmel und dein Reich komme und so weiter ... Und Gott sei Dank rief dann meine Mutter nach mir, und ich stand rasch auf und lief zu ihr hinüber. Sie gab mir einen Schmetterlingskuß auf die Wange, sie bewegte ihre Wimpern ganz schnell auf und ab, ganz nah an meiner Haut.

Sie war dünn wie ein Streichholz, und ihr Sarg war eine Streichholzschachtel mit nur einem Streichholz drin. Bevor die Samariter sie aus dem Bett hoben, beugte ich mich noch einmal zu ihr hin und gab ihr auf beide Wangen einen Schmetterlingskuß für die Reise.

Meinen Töchtern hab ich Blumennamen gegeben, und sie haben sich genauso darüber beschwert wie ich mich über meinen Namen: Erika, Rose, Iris, und die Mutter Lilie. Es ist mir einfach so passiert, ich hatte mir die Namen nicht vorgenommen. Nur mein Sohn heißt anders, Willi, nach seinem Vater Wilhelm, der mit den Fischen gesprochen hat. Vielleicht ist mein Willi deswegen so gerne nach Griechenland ans Meer gefahren.

Woher alles so kommt, wie es kommt, das weiß ich nicht. Ich wüßte es aber gern. Es müßte eine Informationsstelle geben, zu der man hingehen kann am Ende und fragen.

Erklär's mir, Oskar.

Hat er wieder zuviel getrunken, mein Willi? Es ist viel zu tun in so einer Werkstatt, das weiß ich doch, in einem Meisterbetrieb. Autos waren schon immer seine Leidenschaft, schon von Kind an, er war ein Bastler, ein Tüftler, und er hat nie auf mich gehört. Nach der Schule trieb er sich herum und kam nicht nach Hause, um zu helfen, Erika mußte immer alles allein machen, wenn ich arbeiten war im Gasthaus, wo ich mir die Füße platt gelaufen hab. Für die Kinder blieb immer viel zu wenig Zeit, also hat Erika den Haushalt geschmissen. Später hat Rose ihr geholfen, Iris weniger. Sie zog lieber kurze Röcke an und stolzierte durch die Gegend, hübsche Beine hatte sie ja. Miniröcke waren damals noch gar nicht in Mode, beileibe nicht, manchmal denk ich, daß es Iris war, die diese Mode erfunden hat. Erika und Rose haben sich für ihre Schwester geschämt, ich nicht, ich war froh, daß sie anders war als die beiden andern; drei gleiche Kinder, lieber nicht.

Im Sommer haben wir Willis sechzigsten Geburtstag gefeiert, bei Rose im Garten, wir haben gegrillt und Sekt getrunken, und Willi war ziemlich bedudelt. Jeden Morgen um sieben die Werkstatt aufsperren, das ist harte Arbeit, aber er war keinen Tag krank, auch im Winter nicht. Und auf einmal wollen sie die Werkstatt abreißen! Von einem Tag auf den andern war der gesamte Komplex verkauft, und niemand hat Willi gesagt, was mit seiner Werkstatt wird. Nichts wird! Dem neuen Besitzer ist so eine Kfz-Werkstatt scheißegal. Fast dreißig Jahre hat mein Willi da gearbeitet, da hat er seine Lehre gemacht, da kennt er jede Schraube. Wenn ich gewußt hätte, was da vor sich geht, wär ich zu dem Kerl hingegangen und hätt ihm was gegeigt, das er nicht mehr vergessen hätte, das schwör ich dir!

Hat Willi deswegen so viel getrunken? Was soll man denn anfangen mit einer Hebebühne und dem ganzen Geraffel? Alles verschrotten? Gib uns einen Rat, Oskar: wohin mit den Gebrauchtwagen?

Sechs Fahrstunden! Und das war die ganze Prüfung. Und er konnte fahren, auch ohne Orientierungssinn. Quer durch Deutschland ist er getuckert mit seinem alten Käfer, und ins Ausland, mit seiner ersten Frau bis nach Finnland, und mit seiner zweiten bis nach Griechenland, und alles mit demselben Volkswagen.

Ich glaube, die Bremsen funktionierten nicht mehr richtig. Im Sommer, auf seiner Geburtstagsfeier, hat er erzählt, daß er demnächst neue Bremsbeläge einbauen will oder so was Ähnliches, und daß er neue Reifen kaufen muß. Er ist vorsichtig gefahren, er war nie ein Raser, auch nicht, wenn er was intus hatte.

Außerdem war die Brücke vereist. Und das Geländer war aus altem Holz. Wo gibt's denn heut noch so was? Ist das überhaupt erlaubt, eine Brücke mit Holzgeländer? Wenn es stabil gewesen wäre und wenn die Bremsen funktioniert hätten, dann wär ihm nichts passiert, bestimmt nicht.

Mein Willi war gerade mal drei Monate lang sechzig Jahre alt.

Heute morgen haben wir ihn unter die Erde gebracht. Er ist der Zweitälteste, Erika hat sich am meisten um ihn gekümmert, als er sich das erste Mal scheiden ließ; er wohnte bei ihr, Samuel und Niko mochten ihn sehr. Sie gingen zusammen ins Kino, und ich hab dem Niko Geld zugesteckt.

Scheidung ist Sünde, stimmt's, Oskar? So was kann nur einer behaupten, der die Ehe nicht kennt. Ich kenne Ehen, da war schon das Heiraten Sünde, oder sogar ein Verbrechen, wenn du mich fragst. In Willis Privatangelegenheiten hab ich mich nicht eingemischt, im Gegensatz zu Rose, die ihn überreden wollte, bei seiner Frau zu bleiben. Sie ist ein wenig zu ordentlich, meine Rose, aber das ist ihre Sache.

Ich hab sie alle gleich gern. Sie haben es früher nicht leicht gehabt, und sie haben es auch jetzt nicht leicht. Nur, daß sie mich ins Sonnenfels verfrachtet haben, ins Seniorenhaus, das hätt es nicht gebraucht. Ich wär keinem zur Last gefallen. Kommt bei mir nicht in Frage.

Erinnerst du dich noch an meine Freundin Elvira? Sie hat drei Kinder von drei verschiedenen Männern großgezogen, und alle drei haben sie mißhandelt, und sie hat sich nie beklagt. Ja, sie hat geweint und gehadert mit ihrem Schicksal, aber beklagt hat sie sich nie. Sie hat einfach weitergelebt und jeden Tag für sich ein kleines Glück erfunden; ich hab sie immer beneidet darum. Hast du gehört, Oskar? Du hast sie geschunden, und sie ist wieder aufgestanden, und du hast ihr drei brutale Versager geschickt, und sie hat ihnen vergeben, du hast ihr den Vater gestohlen, als sie ein junges Mädchen war, und sie verehrte dich trotzdem. Und sie sang sogar im Chor für dich.

Seit zwanzig Jahren hab ich sie nicht mehr gesehen, und im Sonnenfels ist sie auch nicht. Ich will jetzt von dir wissen, wo sie steckt!

Das Straßenbahngeratter ist keine Antwort, Oskar. Elvira hat mir beigebracht, wie man kleine, schreiende Kerlchen zur Ruhe bringt: man streichelt ihr Schwänzchen. Und gleich sind sie ruhig. Ich hab's ausprobiert. Das hab ich dem Willi nie erzählt. Oder man stellt den Korb, in dem das Baby liegt, auf eine laufende Waschmaschine, und es hört sofort zu schreien auf. Methode Elvira. Zu meiner Zeit gab's noch keine Waschmaschinen, und ich hab auch später alles mit der Hand gewaschen. Bis ich mich nicht mehr bücken konnte. Ja, der Elvira würd ich gerne Lebewohl sagen und ihr danken für die Freundschaft.

Jetzt antwortet nicht einmal mehr eine Straßenbahn oder ein Auto. Hup mal, Oskar, damit ich weiß, daß du noch da bist!

Ich könnte sie einladen auf ein Glas Sherry in mein Zimmer mit der schrägen Decke. Wir setzen uns an den runden Tisch, und ich zünde eine Kerze an, und dann trinken wir, Elvira und ich. Auf dem Fensterbrett steht ein Weihnachtsstern, mit roten Blättern, sieht nett aus. Es riecht alles ein wenig nach Seife, aber die Heizung funktioniert, und das Fenster ist dicht, und darauf kommt's an. Alles sauber und ordentlich. Die Leiterin, Freya Tross, hat eine Stimme, die klingt wie ein einziger Vorwurf. Ich hab keine Ahnung, wem sie was die ganze Zeit vorwirft, aber immerhin: sie kümmert sich um uns. Ringt sich sogar ein Lächeln ab, wenn sie mit uns alten Tanten spricht. Es gibt auch Männer im Haus. Herrn Geißler zum Beispiel, den Seefahrer; er ruft die ganze Zeit Befehle und hat alle Hände voll zu tun, seine Brasse unter Kontrolle zu bringen, wenn der Regen schlimmer wird und die See gegen Steuerbord peitscht. Mit Kapitänsmütze auf dem Kopf hat er mir alles genau erklärt. In seinem Zimmer ist die Hölle los. Manchmal stürmt Frau Tross herein und stellt das Radio ab, aus dem die Meeresgeräusche kommen, Kurzwelle, ein unglaublicher Krach.

Ich durfte sogar meine Katzen behalten. Weil Rose dem Haus eine ansehnliche Spende zukommen ließ. Die Tross ließ Gnade vor Recht ergehen: Nandor, Kuti, Puskas und Buza durften in den Keller. Normalerweise sind Haustiere streng verboten. Die Tross hat bestimmt einen Hund zu Hause oder einen Wellensittich, aber garantiert keinen Mann.

Wir essen gemeinsam im Speisesaal, und vorher wird gebetet. Da halt ich mich raus, aus dem Geleier. Wenn ich beten will, sag ich ein Gedicht auf, das hab ich in meinem Zimmer an die Wand gehängt. Die Tross wollte es mir wegnehmen, weil es angeblich da nicht hinpaßt, hat sich dann aber doch nicht getraut. Hätt auch nichts genützt, das Abhängen, hab's nämlich ziemlich gut im Kopf. Hör zu, Oskar, es geht so:

Wer so ganz in Herz und Sinnen
Konnt' ein Wesen liebgewinnen
Oh! den tröstet's nicht
Daß für Freuden, die verloren,
Neue werden neu geboren:
Jene sind's doch nicht.

Das geliebte, süße Leben,
Dieses Nehmen und dies Geben,
Wort und Sinn und Blick,
Dieses Suchen und dies Finden,
Dieses Denken und Empfinden
Gibt kein Gott zurück.

Und du schon gar nicht!

6

Manchmal würd ich gern jemand anrufen, aber es gibt kein Telefon am Sonnenfels. Ich müßte immer erst die Tross fragen, und das ist mir zu blöd. Mit jemand reden, das hab ich achtundzwanzig Jahre im Alten Eck und in den zwanzig Jahren davor immer können, das ist wie essen und trinken.

Ich hätt gerne den Johann Laabsag angerufen, meinen Freund vom Stammtisch, du kennst ihn, er ist auch einer von denen, die du bereits zu Lebzeiten von deiner Liste gestrichen hast. Sein Leben lang hat er auf einen Anruf im richtigen Moment gewartet. Oder auf eine Postkarte mit einem Gruß.

Warum, frage ich dich, hat dieser Bell das Telefon überhaupt erfunden, wenn Johann nichts davon gehabt hat? Das ist mir schleierhaft.

Mach dir keine Sorgen – Dein Oskar. Das wär mal eine Karte wert gewesen, zur Abwechslung. Johann hätt sich gefreut, und er hätt dir zurückgeschrieben und sich bedankt, höflich wie er war. Ich hätt mich auch bedankt, auch für das schöne Motiv auf der Vorderseite der Karte, noch lange hätt ich darüber gestaunt, was es wohl darstellen mag, einen Apfelbaum oder den Stammbaum, von dem wir alle herstammen.

Ich seh ihn dasitzen, den Johann Laabsag, sein

Pils trinken und Vorträge halten. Ich hab ihm mit halbem Ohr zugehört, und manchmal mußte ich ihn ermahnen, leiser zu sprechen, weil nicht jeder Gast so eine Vorlesung hören mag. Da ist er dann schlagartig verstummt. Das war mir auch wieder nicht recht, also mußte ich ihn ermuntern, weiterzusprechen, bloß leiser. Manchmal hatte er sein Organ einfach nicht unter Kontrolle, es gehorchte ihm nicht. Er war zu viel allein.

Kein einziger seiner ehemaligen Kameraden, der Kupferstecher zum Beispiel, ist mal bei ihm zu Hause aufgekreuzt, keine Sau hat sich bei ihm gemeldet, wie man so schön sagt. Jeden Sonntag ging er im Ostbahnhof ins Restaurant zum Mittagessen; Hühnerbrühe vorneweg, dann Rindfleisch mit Gemüse und Knödeln, Fernfahrerportionen, deutsche Ausmaße, und er ließ immer ein Stück übrig. Er saß an seinem Platz an der Fensterfront, und draußen im Hof standen Lastwagen, und dahinter waren die Gleise. Nicht mal im Sommer kam die Sonne bis an seinen Platz. Er sah gern den Gästen zu und freute sich, wenn die Kinder sich gegenseitig mit Messern und Gabeln traktierten, ein Vater aus Versehen sein Weizenbier verschüttete und eine Mutter zu ihrem Kind sagte, jetzt aber brav aufessen, dann wird das Wetter schön. Ich weiß, daß Johann solchen Kindern und den Alten gern zugewunken und ein wenig geplaudert hätte, doch bevor er sich traute, legte er schnell das Geld hin und lief zurück in die Bertramstraße, wo er seit dreiunddreißig Jahren eine Wohnung im zweiten Stock hatte, hier in Kalk.

Ich hab ihn kennengelernt, da war er noch bei der Post, und ich hab bei ihm meine Briefe abgegeben an Iris und Rose in Süddeutschland. Johann, mein Stammgast aus dem Alten Eck, stempelte die Briefe immer gleich ab und grüßte mich. Im Gasthaus sprach er nie von seinem Beruf.

Sonntags, wenn er vom Ostbahnhof zurückkam, roch es im Treppenhaus nach Äpfeln, Fett und Teig. Dem Apfelkuchen der Hausmeisterin entging kein Mieter, genausowenig wie ihren Blicken, sie stand hinter der Tür und spionierte durchs Guckloch. Sie sah genau, wie Johann auch am Sonntag in seinem Briefkasten nachschaute, ob Prospekte drinlagen mit den glänzenden Photos junger Frauen in Unterwäsche. Einmal rächte er sich für das ständige Beobachtetwerden. Morgens zum Frühstück aß er drei Eier und eine Essiggurke, dann an einem Würstelstand in der Stadt eine Bratwurst mit Frittenrotweiß, dazu ein Kölsch, dann zu Mittag eine Forelle blau mit Schwenkkartoffeln und Weißwein dazu und zum Dessert Cognac und Kaffee und zur Feier des Tages eine Davidoff, und auf dem Rückweg stattete er Häagen Dasz noch einen Besuch ab, Blaubeereis. Und dann stand er im Hausflur, der nach Äpfeln, Fett und Teig roch, beugte sich nach vorn, steckte Zeige- und Mittelfinger in den Mund und kotzte zum Gotterbarmen. Bis zum zweiten Stock hinauf zog sich seine Spur. Im Bad spülte er sich den Mund aus, gurgelte, wusch sich tüchtig die Hände und cremte sie ein. Und schon klingelte es an der Tür, zwei Polizisten erkundigten sich nach seinem Befinden, und er antwortete gutgelaunt und mit frischem Atem: Bestens, was verschafft mir die Ehre? Und dann stellte er fest, daß es im Treppenhaus immer noch nach Äpfeln, Fett und Teig stank und die ganze Kotzerei umsonst war.

Darum beneide ich dich gelegentlich, Oskar, um deinen Einfallsreichtum. Wie du uns immer wieder neue Geschichten bescherst, denen wir nicht entkommen. Alle Achtung. Da wollte zum Beispiel eine Bauersfrau ihren Mann retten, der in die Jauchegrube gefallen war, und erstickte auch; ihr Schwager sprang hinterher und erstickte auch. Drei auf einen Streich. Jauche juchhe! Oder Johann Laabsag, er fand eines Morgens in seinem Briefkasten ein Kondom. Er ließ es vor dem Guckloch der Hausmeisterin hin und her baumeln, doch seine Hoffnung war umsonst, es blieb mucksmäuschenstill hinter der Tür. Zu Ostern schenkte ihm die Alte sogar bemalte Eier, die brachte er ins Alte Eck mit, und wir mußten sie essen. Das Alte Eck war sein Wohnzimmer, da war immer was los, und bei ihm zu Hause war es allezeit totenstill. Bei anderen Leuten verwählt sich mal jemand, es klingelt, und man kann den Irrtum aufklären und was sagen. Bei Johann verwählte sich nie einer. Er saß neben dem Telefon und studierte die Postwurfsendungen. Da sehnte er sich dann an seinen Postschalter zurück, an den friedlichsten Ort auf der Erde, wie er sagte; dreißig Jahre lang hat er da sein Rückgrat krumm gemacht, das Rückgrat mit den russischen Splittern, und oft, wenn er auf dem Stuhl hinter der Glasscheibe saß, bohrte etwas in ihm, und das, sagte er zu mir, waren die Zähne des Angsthasen, der in ihm hockte, seit er den Krieg gesehen hatte. Angsthasenkompanie hieß seine Truppe, damals, im Schnee, und so ein Name war nicht mehr gutzumachen. Angsthasenkompanie. Später, wenn er die Angsthasenerinnerung verscheuchen wollte, stand er in seiner Wohnung und dirigierte Rachmaninoffs Klavierkonzerte, trieb das Orchester von Satz zu Satz und verpennte keinen Einsatz, keine Pause. Dann verbeugte er sich und ging ab, ging ins Bad und wusch sich die Augen aus.

Wär ich dabeigewesen, ich hätt ihm Blumen auf die Bühne geworfen. Und Bravo! gerufen.

Bis es Zeit wurde fürs Alte Eck, schaute er sich die Prospekte an, die er aus dem Briefkasten geholt hatte, am liebsten die mit den Frauen in Unterwäsche, das hat er mir verraten nach dem elften Kölsch, und er hatte eine Vorliebe für die strenge Form, keine Spitzen oder Rüschen, schlicht und streng mußte die Unterwäsche sein, rundherum. Wenn's ihm zuviel wurde mit dem Prospekteschauen, dirigierte er wieder Rachmaninoff und schaute nicht mehr zu den jungen Frauen hin. Zu langes Hinsehen war gefährlich! Das hatte er schon an seinem Platz hinter der Glasscheibe gelernt, wenn sich eine Dame zu ihm hinunterbeugte und seine Blicke anfingen, in ihrem Ausschnitt herumzuwieseln, da mußte er sich beherrschen und in ihr Gesicht sehen, was ihn dann manchmal erschreckte. Einige Kunden, sagte er zu mir, schlecken Briefmarken ab wie Speiseeis, andere pfeffern die Münzen unter der Scheibe hindurch, als würden sie an einem Pfefferwettbewerb teilnehmen, und wieder andere stehen vor lauter Eile so nah am Vordermann, als wollten sie gleich anfangen zu pudern.

Kennst du das Wort? Das ist österreichisch. Warst du mal in Österreich? Vor oder nach dem Krieg? Pudern kenn ich von Elvira, von der ich dir erzählt hab. Mein Lieblingswort ist schnackseln. Aber das durfte ich nie laut sagen; einmal hab ich's getan, aber da ist Wilhelm an die Decke gesprungen, über so was wurde nicht gesprochen, das war Schmutz. Getan haben wir's natürlich, und heute frag ich mich, ob das klug war.

Was zwingt uns, Kinder in die Welt zu setzen? Wie stellst du das an, daß wir nicht widerstehen können? Und die es schaffen und keusch bleiben, sind in deinen Augen auch nur Sünder. Ich verstehe dich nicht.

Johann war nicht verheiratet, er hatte auch keine Kinder, die bei irgendwelchen Frauen lebten. Er war allein. Er kaufte sein Fleisch in der Metzgerei Ludewig bei der Verkäuferin Hanni, deren Augen jeden Moment davonzugaloppieren schienen, so weit traten sie aus den Höhlen heraus. Sie hatte ein Pferdegesicht, muß ich sagen, und ich glaube, sie verehrte Johann ein wenig, aber völlig vergeblich. Er kam zurecht, der Johann, er brutzelte tapfer in der engen Küche seine Fleischfetzen und bereitete sich seine Mahlzeiten geduldig zu. Vom Balkon aus sah er unten den Kindern zu, die im Hof auf armseligen Gerüsten herumturnten und sich die Seele aus dem Leib brüllten und keine Angst hatten, herunterzufallen. Lange hielt er es da draußen nicht aus. Er dirigierte lieber sein Orchester, kochte sich zur Belohnung eine Suppe und schüttete sie weg, ohne gekostet zu haben. So vergingen die Jahre. Die Zeiten sind Scheiße, aber das Klopapier ist umweltfreundlich, sagte er gern. Mittags setzte er sich manchmal vor den Springbrunnen und schaute dem Wasser zu. So eilig hatte er es nicht, zurück in seine Wohnung zu kommen und in das Treppenhaus mit dem Apfelkuchengeruch. Im Springbrunnen badeten Spatzen und schüttelten und plusterten sich. Und als er einmal aufstand, die Plastiktüte mit seinen Einkäufen unter den Arm nahm und einen letzten Blick auf die Kinder warf, die im Brunnen planschten, sah er plötzlich die Verkäuferin Hanni dastehen. Sie hatte ihn die ganze Zeit beobachtet.

Sie hieß Hohenelster mit Nachnamen und hatte gerade Mittagspause. Bei Sonne betrachtet, fand Johann ihr Pferdegesicht weniger unheimlich als in der Neonbeleuchtung der Metzgerei, und er lud sie ins Alte Eck ein. Das war das einzige Mal, daß er um diese Zeit bei uns auftauchte, und er stellte mir seine Begleiterin vor. Das ist Lilie, sagte er zu ihr, und sie sagte: Johanna Hohenelster, und ich: Guten Tag, Hanni. Sie lächelte mich mit ihrem Pferdegebiß an, und im ersten Moment bin ich direkt erschrocken, so weit ragte es aus ihrem Gesicht heraus. Ich hab mich schnell wieder beruhigt und ihnen ihre Mahlzeit serviert. Johann nahm Schnitzel mit Reis, Hanni eine Kraftbrühe und hinterher einen großen Salat mit Ei und Schinken.

Ich hab ihnen zugesehen, es war ja sonst nichts los. Johann und Hanni. Sie war vielleicht zwanzig Jahre jünger als er. Er versuchte, mit ihr zu reden, aber so richtig kam er nicht voran. Er bestellte noch ein Bier für sich und eine Apfelschorle sauer für sie. Nach knapp einer Stunde mußte sie zurück in den Laden, und er begleitete sie. Er wollte sie einladen, doch sie lehnte ab. Das hat ihn gekränkt. Auf der Straße fragte er sie, ob das Zufall war, daß sie sich getroffen haben, und sie sagte: Ja. Das war geschwindelt. Solche Zufälle passieren nicht. Sie hat ihn beobachtet, das weiß ich, sie ist ihm nachgegangen und hat auf den richtigen Augenblick gewartet. Johann kam ins Alte Eck zurück, nachdem er sie ins Geschäft begleitet hatte und sagte, er würde sie morgen abend wiedersehen. Er freute sich darüber und gab mir fünf Mark Trinkgeld, obwohl er nichts mehr verzehrt hat.

Johann im Anzug ohne Krawatte, er bemühte sich, seinen Bauch zu verstecken, was praktisch unmöglich war. Sie aßen und tranken, und er erzählte ihr von Rachmaninoff und seinen Konzerten, und er versprach, extra für sie eine Sondervorstellung zu geben, gleich noch heute abend, wenn sie möchte. Sie lächelte ihn an, und er streckte die Hand aus nach ihr, aber dann zog er sie wieder zurück. Er entschuldigte sich dafür, daß er sie habe einladen wollen heut mittag, er habe ihr doch nur eine Freude machen wollen. Sie streichelte kurz seinen Oberarm und sagte, er dürfe sie dafür heut abend einladen.

Er hat mir die Stelle gezeigt: hier, knapp unterhalb der Schulter, da hat sie ihn gestreichelt, nur kurz, aber es war eine Berührung, und ihre Hand war ganz leicht. Dabei arbeitet sie in einer Metzgerei und schneidet täglich Fleisch und hat mit Blut und Gedärmen zu tun. Sie roch auch gut, sagte er zu mir, er kam aber nicht drauf, was es war.

Er fragte sie, wie alt sie sei, und sie sagte es ihm nicht. Er entschuldigte sich wieder, aber diesmal berührte sie ihn nicht. Dann schwiegen sie, und dann wollte sie nach Hause gehen. Warum so früh? fragte Johann, und sie sagte, sie müsse um sechs Uhr aufstehen und das Fleisch herrichten, schneiden und sortieren, Fleischsalat zubereiten und die Lieferung vom Großmarkt kontrollieren. Sie gingen nebeneinanderher, und Johann zögerte, ihren Arm zu nehmen. Manchmal sind die Männer wirklich Schisser. Sonst protzen sie bei jeder Gelegenheit, was für Helden sie in allem sind, und dann versagen sie bei den einfachsten Dingen.

An der Straßenbahnhaltestelle verabschiedete sie sich von ihm, und er versprach ihr noch einmal eindringlich, für sie allein ein Sonderkonzert zu geben, sie würde einen Ehrenplatz bekommen und es nicht bereuen. Das ist sehr nett von Ihnen, sagte sie zu ihm, und er sagte: Darf ich Sie morgen wiedersehen? Und sie sagte: Ich hab viel zu tun, morgen ist schlecht. Die Straßenbahn kam, sie stieg ein, und er blieb stehen. Sie fuhr weg, und er brachte es nicht einmal fertig, ihr zu winken. Das ist doch nicht so schwer: Man hebt seinen Arm und fuchtelt damit herum. Aber Johann stand da, und seine Arme hingen ihm rechts und links runter wie die Äste einer Trauerweide. Die Straßenbahn war schon längst verschwunden, doch er stand immer noch so da, in seinem Anzug ohne Krawatte, und die Leute machten einen Bogen um ihn.

Zu Hause setzte er sich neben das Telefon und wartete. Auf einmal fiel ihm ein, daß er vergessen hatte, ihr seine Telefonnummer zu geben. Acht vier sechs drei null. Einfacher geht's kaum. Immerhin wußte sie aber seinen Namen. Und er ihren. Endlich hatte er einen Grund zu telefonieren. Er rief die Auskunft an, denn ein Telefonbuch hatte er keins. Erst mußte er lange warten, bis ein Freizeichen ertönte, und dann fand die Frau den Namen Hohenelster nicht. Keine Eintragung, sagte sie, und Johann buchstabierte den Namen, aber er war nicht zu finden. Er legte auf und schaute das Telefon an. Er wischte es einmal die Woche ab, von allen Seiten, und den Hörer extra, mit einem Staubtuch; er säuberte auch die Zwischenräume zwischen den Tasten. Das Telefon thronte auf einem Tischchen in der Diele, neben der Tür zum Schlafzimmer. Das Tischchen war aus dunklem Holz und hatte drei geschwungene Beine, wie Schwanenhälse. Obendrauf, unter dem Telefon, lag ein weißes großes Taschentuch ausgebreitet, so daß das Telefon das Holz nicht zerkratzte.

An jenem Abend hatte er noch eine Idee. Er rief noch einmal die Auskunft an und ließ sich die Nummer der Metzgerei Ludewig geben. Sechs zwei sieben eins neun. Er rief an und ließ es klingeln. Niemand hob ab. Er wählte ein zweites Mal und ließ es wieder klingeln, zehnmal, fünfzehnmal, und niemand hob ab. Es war schon nach zehn Uhr nachts. Dann schaltete er die Stereoanlage ein und dirigierte das Orchester und stachelte es zu Höchstleistungen an. Er dirigierte mit einem grauen Zeigestab, den man ausziehen konnte.

Und plötzlich klingelte das Telefon. Es schepperte, denn Johann hatte es auf volle Lautstärke gestellt, damit er es nicht überhörte, wenn er gerade Rachmaninoff dirigierte. Es schepperte viermal, fünfmal, und Johann stand immer noch mit dem Taktstock da, die Musik dröhnte, und das Telefon explodierte fast. Es war das erste Mal seit vierzehn Jahren, daß es klingelte.

Endlich packte er es, drehte es auf den Kopf und stellte es leiser. Jetzt rohrte, wimmerte, ringelte, knurrte, murrte, stringelte, läuselte es. Johann lupfte den Hörer mit Daumen und Zeigefinger in die Höhe und preßte ihn ans Ohr: doch da war nur noch ein einziger, unaufhörlicher Ton, ohne Ende.

Johann griff nach dem Spiegel über dem Telefontischchen, seine Finger verfehlten den Rahmen, und seine Beine knickten ein. Er schlug mit dem Kopf gegen die Wand, riß die Knöpfe seines Hemds ab und wollte noch etwas sagen, aber seine Stimme gehorchte nicht mehr. Sein Kopf lag schief auf dem Teppich, er sah das Telefon, streckte seine Hand nach dem Hörer aus und bekam ihn in der letzten Sekunde zu fassen.

So fand ihn die Hausmeisterin nach drei Tagen.

Warum hast du Johann Laabsag so gequält? Das verzeihe ich dir nie. Oskar!

7

Was hast du dir bloß dabei gedacht? Nichts, wie immer?

Jetzt rede ich schon wie der Doktor Nemez.

Was haben Sie sich dabei gedacht, Frau Stummvoll? Ich sag zu ihm: Fragen Sie nicht mich, fragen Sie mein Hirn, wenn ich tot bin. Im übrigen hab ich mir was Bestimmtes dabei gedacht, als ich aufs Kalker Postamt ging und zum Brennerjupp sagte: Ich lös mein Konto auf, her mit der Penunze!

Da habe ich mir gedacht: Jetzt gehst du zum ersten Mal in deinem Leben weg von hier, vielleicht nach Berlin, das Grab deiner Schwester besuchen. Wir haben uns nach dem Krieg verloren, Anna blieb in der Deutschen Demokratischen Republik hängen, ich kam ins Rheinland, nach deinem heiligen unbegreiflichen Ratschluß, Oskar. Wo es einen hin verschlägt, da muß man bleiben. Hier bin ich, siehst du mich?

Ich hab mir was dabei gedacht, das ist sicher, auch wenn der Doktor Nemez das bezweifelte und mir Tabletten verschrieben hat und Rose mich anschrie, ob ich jetzt verrückt geworden sei. Früher hätte es das nicht gegeben, daß eine Tochter ihre Mutter anschreit. Wenn das erlaubt gewesen wär, hätt ich heut keine Stimme mehr, und meine Mutter wär mit geplatzten Trommelfellen beerdigt worden.

Also, ich stand in der Schalterhalle, und der Brennerjupp persönlich nimmt sich meiner an. Was wollen Sie denn mit dem Geld? fragt er, und ich sage: Weg will ich, was sonst? Und er: Wohin denn? Und ich: Dahin, wo der Pfeffer wächst. Ach so, sagt der Brennerjupp. Und ich ergänze: Nach Malaysia, können Sie mir folgen als Beamter? Diese Bemerkung hat er persönlich genommen, und er berichtete später meiner Tochter Rose davon, und sie brüllte in der Gegend rum, während Iris sich kaputtgelacht hat mit ihrem gackernden Lachen, das außer mir keiner mochte, aber ich hab's genossen wie Musik.

Was hast du dir dabei gedacht? fragte mich Rose, und ich hab an Anna gedacht. Mit ihr hätt ich nach Malaysia gehen können, irgendwie wär sie schon in den Westen gelangt, sie war ja alt und unverdächtig.

Was hab ich mir dabei gedacht?

Doktor Nemez kam jetzt jede Woche und hat Blutdruck gemessen und mir in den Mund geschaut. Er grinste wie ein Debiler und verschrieb mir Medikamente. Ich hab sie aber erst mal getestet.

Meine Testperson war ein Kollege des alten Johann Laabsag, der Herr Heidelberger, ein Postler, der fünfzehn Jahre lang die Rente austrug und bei dieser Gelegenheit immer auf einen Cognac blieb, weil er beim Auszahlen merkwürdigerweise jedesmal Zahnschmerzen hatte, genau am Weisheitszahn.

Ich trank auch diesmal mit, und plötzlich kippte sein Kopf nach unten, und ich nahm ihm schnell das Glas aus der Hand. Er murmelte etwas vor sich hin, und ich mußte mich zu ihm runterbeugen, um zu verstehen, was er meinte: Gift. Gift? wiederholte ich laut, und sein Kopf schnellte nach oben, sauste aber sofort wieder nach unten. So ein Nicken hatte ich noch nie gesehen.

Heidelberger starrte das Linoleum an. Irgend etwas hatte ihn völlig verändert, und dabei hatte er erst das zweite Glas Cognac getrunken. Auf einmal waren die Augen des dürren Postmanns immer größer geworden, und dann mußte er sich hinsetzen und griff sich an den Kopf und schnappte komisch nach Luft. Ich hielt ihm die Tabletten vom Nemez vor die Nase. Er versuchte, die Aufschrift zu lesen. Ich erklärte ihm, daß mir der Doktor dieses Zeug seit einem halben Jahr verschreibt, daß ich's aber nicht einnehme und er der erste ist, der es testet.

Ursprünglich wollte ich zehn Tabletten kleinhacken und im Cognac auflösen, doch dann hab ich's bei fünf belassen.

Während sich also der Heidelberger bemühte, seinen Schädel zu heben, schrieb ich ein paar Zahlen auf einen Zettel, eine für jeden Monat, zwölf Monate, und die Monate mal zwanzig. Ich hielt dem dürren Heidelberger den Zettel unter die Nase. Es gelang ihm tatsächlich, seinen Kopf nach oben zu bringen, der Sabber rann ihm aus dem Mund, und er stierte regungslos durchs

Fenster. Drüben bei Frau Antonow hingen wieder Schlüpfer auf der Leine, enorme Kaliber, und mein Postbeamter kriegte nicht genug davon. Die Medizin vollbringt immer wieder Wunder.

Ich fragte ihn, was er mit meiner Rente angestellt habe all die Jahre, warum das Geld immer weniger geworden sei und warum er ausgerechnet mein Geld verschwinden lasse und nicht ein anderes.

Ich glaube, er hat mich nicht verstanden. Er starrte zum Fenster, vielleicht raubten ihm die Schlüpfer von Frau Antonow den Verstand. Schluß damit! schrie ich ihn an, und er zuckte zusammen. Ich bückte mich nach seiner Ledertasche, und obwohl ich in dem Moment dachte, daß ich diese krumme Bewegung nicht überlebe, kriegte ich das Portemonnaie zu fassen, das unten in der Tasche lag, und legte es auf den Tisch. Es war prall gefüllt. Ich legte einen Geldschein neben dem anderen auf den Tisch, Hunderter, Fünfziger, einen Fünfhunderter, einen Schein, den ich in natura noch nie gesehen hatte. Keine Sorge, sagte ich zum Heidelberger, ich verpetze Sie nicht, weder bei den Postoberen noch bei der Regierung, ich will bloß wissen, wo Sie meine Penunze versteckt haben. Irgendwo vergraben?

Doch Heidelberger schlief. Unhöflicher Patron. Er hat mich beschissen, er hat meine Rente manipuliert, jahrelang, und ich wollte endlich wissen, warum er das getan hat und in wessen Auftrag, und wann ich das Geld, das mir zusteht, zurückbekomme, und zwar mit Zinsen, und zwar mit Zinseszinsen.

Was für ein segensreicher Anblick, erinnerst du dich, Oskar? Hunderter, Fünfziger, Zwanziger, Zehner und unten, in der letzten Reihe, der Fünfhunderter. Und das alles auf meinem Küchentisch. Vom Kohleofen kam es schön warm, und es war still, bis auf das leise Schnarchen des Postmanns. Seine Frau kaufte am Samstag die Wurst in der Metzgerei Klemm nur fünfziggrammweise und hielt den ganzen Verkehr auf mit ihrer Knausrigkeit.

Wie lang er in meiner Küche geschlafen hat, weiß ich nicht mehr. Plötzlich klopfte es an der Tür, und Rose stand da, und hinter ihr Haberlein, der Polizist, der in unserem Viertel zu Fuß unterwegs ist und die Kinder ermahnt, wenn sie vor Uludags Kiosk mit den Dosen Fußball spielen. Und dann kam auch noch der Brennerjupp angeschissen, Herr Jupp Brenner, der Leiter des Postamtes. Eine richtige Delegation.

Der Brennerjupp stürzte sofort auf Heidelberger zu und zog seinen Kopf nach hinten und gab ihm mehrere Ohrfeigen, routiniert, als würde er das täglich tun, wie stempeln. Rose fing zu kreischen an, daß sogar der Polizist Haberlein zusammenzuckte, ein an sich pazifistischer Mensch. Ich blieb sitzen. Rose sagte: Herr Brenner, ich bin verzweifelt. Der Brennerjupp klopfte seinem Kollegen Heidelberger sinnlos auf die Schulter, und der Polizist Haberlein betrachtete die Geldscheine auf dem Tisch, setzte seine Brille auf und nahm die Tablettenschachtel unter die Lupe. Was ist das? fragte er, und ich antwortete: Da müssen Sie den Herrn Heidelberger fragen.

Als ich Rose und Haberlein einen Cognac anbot, schrie sie: Nein!, und ich hatte den Eindruck, als hätte ihre spitze Stimme Heidelberger getroffen wie ein Zahnarztbohrer den Nerv. Der Postmann wackelte abrupt mit dem Kopf.

Ein paar Minuten später kamen zwei Sanitäter und verfrachteten Heidelberger in ihren Wagen. Auch der Doktor Nemez stand inzwischen seltsamerweise in meiner Küche und sagte zu mir: Was haben Sie sich dabei gedacht, Frau Stummvoll? Wie ich heiße, das weiß ich selber. Um ihm eine Freude zu machen und auch meiner Tochter, die die Fäuste in die Hüften gestemmt hatte und allen Leuten im Weg stand, antwortete ich: Seit Jahren krieg ich vom Postamt noch Geld, oder vom Staat, der mit dem Postamt unter einer Decke steckt.

Soso, sagte der Doktor Nemez. Er gab mir zwei Tabletten, und ich mußte sie mit viel Wasser runterschlucken. Hab ich gemacht. Störrisch bin ich nicht, höchstens stur.

Ich weiß genau, was sie geflüstert haben, Rose und der Nemez, und davon wollte ich nichts wissen. Seit ich hier in Kalk angekommen bin, leb ich in diesem Haus, und hier gehör ich her. Denkste. Nach der Sache mit dem dürren Heidelberger faßten Rose, ihr Hannes und der Doktor Nemez einen Entschluß: die Lilie Stummvoll packt's nicht mehr alleine. Ich wurde dazu nicht befragt.

Es war im Juni, als Hannes mich abholte und mir meine beiden Koffer abnahm, denn mehr Zeug hatte ich nicht. Rose überreichte mir einen Blumenstrauß, Lilien, der mußte mindestens fünfzig Mark gekostet haben. Auf der Straße standen Leute und tuschelten. Die Gatterer war nicht da, sie hatte wahrscheinlich auf dem Friedhof zu tun, und das nahm ich ihr übel. Aber nicht lange. Was hätte sie sagen sollen? Alles wär gelogen gewesen. Im Auto schoß mir auf einmal durch den Kopf, daß ich das Licht in der Garderobe nicht ausgemacht hatte und möglicherweise noch was in der Kaltenküche lag, das ich übersehen hatte. Hannes beobachtete mich im Rückspiegel. Er trug einen braunen Anzug und schwieg viel. Rose redete wirres Zeug, das seh ich ihr nach. Eine Mutter ins Altenheim abzuschieben ist keine leichte Sache, wenn man keine Routine darin hat.

Ich weiß noch, daß ich meinen Kopf ans Fenster gelehnt hab und daß draußen ein Junge vorbeilief mit schwarzen Haaren und einer roten Kappe auf dem Kopf, die er verkehrtrum aufgesetzt hatte.

Was würde Willi mit der Wohnung anstellen, überlegte ich mir, wahrscheinlich die alten Möbel auf den Sperrmüll werfen, das Linoleum rausreißen und helles Licht installieren, denn die Fenster waren winzig. Willi in meiner Wohnung, das war ein schöner Gedanke zum Abschied.

Wir fuhren die Meyerstraße hinunter, und Uludag fegte gerade den Platz vor seinem Kiosk. Ich schloß die Augen. Und ich machte sie erst wieder auf, als Hannes den Wagen anhielt und die Türen öffnete. Herzlich willkommen, sagte jemand zu mir, und die Sonne war so hell, daß ich blinzelte, und in meinen Rücken stachen wieder tausend Hornissen.

Herzlich willkommen, sagte die Tross, und noch am selben Nachmittag war ich weg.

Ich saß im Schatten der Kastanien und bestaunte die Unfreundlichkeit des Kellners. Ich bestellte einen Stachelbeersaft, und er glotzte mich an. Sein Hals war übersät von roten Pusteln und Stoppeln. Er sagte, Stachelbeersaft gibt's nicht, und also bestellte ich ein Bier. Er brachte es mir, wortlos. Wir waren vom ersten Augenblick an Feinde. In vielen Gasthäusern sind Gäste und Kellner oder Wirte vom ersten Augenblick an Feinde, aber niemals im Alten Eck. Wir gehörten alle auf eine besondere Weise zusammen.

Von Kalk aus ist der Volksgarten am andern Ende der Welt. Ich schaute mich um, aber Johann und Hanni waren nirgends zu sehen, ich hätt sie gerne eingeladen, und dann wären wir alle drei verduftet. Ich hatte doch keine Penunze dabei, keinen Pfennig. Für den Kellner war das die gerechte Strafe, stimmt's, Oskar? Du bist doch sonst so für Gerechtigkeit. Er stolzierte zwischen den vollbesetzten Bänken herum, und hier und da ließ er sich herab, eine Bestellung aufzunehmen. Bei Frenzi und mir wär der sofort nach einem Tag rausgeflogen. Frenzi, mit der ich mich bei der Arbeit abgewechselt hab, brachte mir mittags oft selbergemachte Bouletten mit Speck und buntem Pfeffer, als ich in Rente war und sie immer noch als Bedienung schuften mußte. Unser Chef, der Pilartschek, konnte sich auf uns verlassen, und wir rackerten uns den Buckel für ihn krumm, obwohl er oft knickrig war und launig und regelmäßig bestialisch betrunken.

Weil ich so jung nicht mehr in diesen Biergarten kommen würde, bestellte ich noch drei Bier, und es wurde ein schöner Abend, die bunten Lampen brannten, junge Leute schnorrten mich um Feuer an, und ich lieh ihnen das schwere Windfeuerzeug, das sie alle bewunderten, dafür schenkten sie mir Zigaretten, und ich rauchte sie alle.

Dann mußte ich auf die Toilette, und wahrscheinlich wartet der Kellner noch heute darauf, daß ich zurückkomm und meine Zeche zahl. Diese Zeche nicht, mein Sohn!

Am Rheinufer setzte ich mich auf eine Bank und sah den Schiffen zu und den letzten Strahlen der Sonne. Ich hatte Zeit. Niemand vermißte mich. Ein alter Mann sprach mich an und wollte mich einladen mitzukommen. Wohin? fragte ich ihn, und er sagte: Metzerstraße bei der Lutherkirche. Ich bin aber katholisch, sagte ich zu ihm, und er reichte mir schelmisch seinen Arm, und wir machten uns auf den Weg. Es war nicht weit, und er roch nicht übel. Er hatte eine hellblaue Jeans an und einen Blouson, ziemlich ausgewaschen, die Klamotten. Sein Gesicht war ein Faltenparadies, und seine Augen waren blau wie die von Hans Albers. Ich schätzte ihn auf Anfang Sechzig, Kunstmaler vielleicht, oder Heiratsschwindler. Beides war mir recht. Ich hatschte neben ihm her, und ich dachte an nichts. Das ist möglich. In seiner Wohnung bot er mir Schlehenfeuer an, ich trank ein Gläschen, und dann knöpfte er mir die Bluse auf, was ich dreist fand, aber auch logisch. Ich bin nie fremdgegangen in meinem Leben, ich hab meinen Wilhelm niemals betrogen. Ich wollte ihn auch jetzt nicht betrügen, also dachte ich fest an ihn und stellte ihn mir vor, was nicht leicht war. Mein Schlehenfeuermann hieß Paul, und er ließ sein Unterhemd an, das blütenweiß war, und wir lagen in seinem Bett, und ich hatte die Augen zu und mein Rücken tat nicht weh, was mit das angenehmste war. Er sagte nichts, und ich sagte auch nichts. Das Holzbett knarzte, und im Radio sang das Medium-Terzett »Ein Loch ist im Eimer, Karl-Otto«. Ich war nicht ganz nackt, zum Beispiel hatte ich meinen Büstenhalter an, und Paul hatte nichts dagegen. Er saß auf mir, und ich kann nicht sagen, daß das ein Fehler war, oder ein Verbrechen, oder eine Sünde.

Hast du zugeguckt, Oskar? Oder hat dir die Lutherkirche die Sicht versperrt?

Erst als mir Paul seine Zunge in den Mund

stecken wollte, hab ich die Augen wieder auf- und den Mund zugemacht. Paul hörte sofort damit auf. Er stieg aus dem Bett und brachte mir ein Handtuch. Es war dunkel im Zimmer, und ich zog mich an und trank noch ein Gläschen Schlehenfeuer. Paul roch jetzt nach Rasierwasser, und ich spürte meinen Rücken. In der Ecke brannte eine Stehlampe, und der Fernseher lief ohne Ton. Willst du was essen? fragte mich Paul, und ich sagte: Nein. Wo wohnst du? fragte er, und ich: Haus Sonnenfels. Scheiße, sagte er, und ich: Scheiße hoch drei. Es war Zeit zu gehen, und er begleitete mich.

Es war immer noch warm, und auf den Straßen drängten sich die Menschen. Auf den Bürgersteigen standen Kaffeehaustische, die alle besetzt waren. Paul spendierte mir ein Blaubeereis, und als ich ihn ein wenig ausfragen wollte, waren wir schon am Haus Sonnenfels. Wir küßten uns auf den Mund, und Paul sagte: Ich komm dich besuchen. Er ist dann aber nie gekommen. Und ich bin nie mehr in die Metzerstraße gegangen. Wir hatten unsere Zeit, das muß genügen.

Im Haus erwartete mich die Polizei, außerdem meine Tochter Rose und die Tross. Sie nahmen alle Anteil an meiner Abwesenheit. Zuerst begrüßte mich die Tross, die Schutzgöttin aller Schleimscheißer, und quälte sich ein Lächeln ab. Wie bin ich froh, daß Sie wieder bei uns sind!, und ich winkte meiner Tochter, die im Hintergrund stand; sie sah aus, als wollte sie gerade

Anlauf nehmen und mir ins Gesicht springen. Sie kann eben nicht raus aus ihrer Haut.

Sie brachten mich dann ins Bett, in meinem neuen Zimmer mit der schrägen Decke und dem Kruzifix in der Ecke. Seien Sie vernünftig, sagte die blöde Tross noch, und ich nickte nett. Ich nahm mein Gebiß aus dem Mund, legte es auf ein Taschentuch und betrachtete mein Verlies. Es war sauber, klein und durchaus gediegen. Am nächsten Tag kam Doktor Nemez zu Besuch, und ich begrüßte ihn mit den Worten: Pilartschek, so eine Überraschung! Die Tross meinte daraufhin zu Rose, ich hätte Halluzinationen, weil ich Leute sehen würde, die gar nicht da seien.

So weit ist es also mit mir gekommen, Oskar! Ich habe aber keine Halluzinationen, die Leute sind allesamt leibhaftig da; daß die andern sie nicht sehen, ist nicht meine Schuld. Herr Geißler, der Seemann, gibt mir recht. Wir unterhielten uns oft über unsere Freunde, und er erzählte mir von seinen Reisen und seinen Erlebnissen auf hoher See, wenn das Meer schwarz war wie Pech. Paul behielt ich für mich. Manchmal ging ich vor zum Parkplatz und stellte mich auf die Stelle, an der wir uns verabschiedet hatten; ich stand dann einfach da, und sonst nichts. Wie ein Auftritt auf der Bühne der Erinnerung, hat der Pleng mal zu Allerseelen gesagt, aber es war bloß ein Parkplatz und ein Fleck aus Teer.

Wer weiß, vielleicht kommt er heute hier vorbei, der Paul. Wie wär das, Oskar, willst du deiner alten Dienerin nicht ein Geschenk machen zum Abschied? Nein? Du hast recht. Die Zeit der Geschenke ist vorüber. Ich nehm auch keins mehr von dir an. Ich wünsche bloß, daß er gesund ist und sich nicht blamiert in seinem Bett. Bei mir hat er sich nicht blamiert, soweit ich das beurteilen kann.

Hallo, bleiben Sie doch mal stehen, wohin radeln Sie denn so eilig? Ich bin mit einem fremden Mann mitgegangen, hören Sie mich? Er hat mich angesprochen, und ich hab nicht lang gefackelt. Es war mein erster Tag im Altersheim! Hallo!

Sein linkes Ohr war größer als sein rechtes, das ist mir aufgefallen. Meine Augen gehen noch gut. Und er hatte Haare auf der Brust, graue. Ich hab nicht viel herumgefummelt an ihm, das hab ich mich nicht getraut, und das wär auch nicht anständig gewesen von mir. Schlehenfeuer ist übrigens das allerletzte. Pilartschek hat es getrunken, und seine Frau. So ein süßes pappiges Zeug! Nichts gegen Bier und Cognac.

Gott, was hab ich einen Durst! Zwei Tassen Tee, ein Glas Leitungswasser, ein Glas Limonade, ein Glas Orangensaft, das war's wohl für heute. Gut. Mehr gibt's eben nicht.

Bin gespannt, ob die Tross jetzt schon ganz wepsig durchs Haus läuft und jeden fragt, ob er mich gesehen hat. Und meine Töchter werden mich verfluchen und sich die Schuld geben, weil sie nicht auf mich aufgepaßt haben. Irgend jemand wird mich gesehen haben, ganz unbemerkt kommt man ja nirgends hin. Ich mußte erst die Katzen und den Klappstuhl aus dem Keller holen, das war riskant, dann durch die Waschküche, durch den Garten und zum Lieferantenausgang hinaus. Eine ordentliche Leistung, mit den vier Rabauken im Schlepptau und dem Klappstuhl unterm Arm.

Ich muß mal aufstehen. Verfluchtes Gestell! Ruhe im Korb!

Ich werd mir noch eine Erkältung holen. Fährt da ein Kahn auf dem Fluß, mit Herrn Geißler am Steuerrad? Ich seh schon Gespenster! Die Tross hat recht: Manchmal kommen Leute aus alten Zeiten zu Besuch. Ich stell sie dir vor, Oskar, weil du sie vor langer Zeit verlassen und vergessen hast. Trotzdem sind sie da.

8

Niemand ist vergebens auf dieser Stinkerde, jeder hat einen, der ihn vermißt. Und wer vermißt wird, lebt für immer.

Wer vermißt dich, Oskar? Der Papst in seinem Papamobil? Der Pfarrer Pleng in seinem Pfarrhaus? Die Gatterer auf ihrem Friedhof? Eine Amsel im Holunder?

Ich, Oskar, ich vermisse dich. Deshalb bin ich auf dem Weg zu dir, und ich hoffe, ich verlauf mich nicht. Seit fünfundachtzig Jahren vermisse ich dich, und wenigstens ein Mal hättst du mich besuchen können, ich hätt dir Kaffee gemacht oder einen Cognac serviert wie dem Postmann Heidelberger, ich hätt dir einen Stuhl angeboten und mir Zeit genommen für dich. Aber nichts! Deshalb nehm ich die Sache jetzt selber in die Hand, weil ich müde bin vom Dichvermissen und mir blöd vorkomm wie jemand, der an der Straßenbahnhaltestelle steht und wartet und wartet, aber da fährt schon lange keine Tram mehr, und im fünfundachtzigsten Jahr steht er immer noch an derselben Stelle und hält geduldig und ein wenig erschöpft Ausschau. So ein jemand bin ich gewesen, und das auch noch fürsorglich.

Das Alte Eck war eigentlich immer wie ein Wartehäuschen und eine Wärmestube, und alle, die zu uns kamen, waren Reisende, die es nicht eilig hatten. Eine Tram ist nie vorbeigefahren, oder wir haben ihr Klingeln überhört, was gut sein konnte, wenn Ari zu Gast war, der immer so laut schrie, daß wir nach ihm schauen mußten auf der Toilette.

Dabei saß er sonst immer unauffällig am Tisch, etwas abseits der anderen, die Hände flach auf den Schenkeln. Kräftige Hände, Schorf und Spliß unübersehbar. Er hat mir mal eine Photographie gezeigt, auf der er einen riesigen Karpfen hochhält, mit beiden Händen, ein Mordstrumm; das Bild hatte er aus einer Lokalzeitung ausgeschnitten, Aribert Schön. Er hatte mitgeholfen, einen See abzufischen, Hechte und Karpfen, bis keiner mehr übrig war; die wurden dann in einem Gasthaus gegessen, und Ari trank Schnaps und mußte sich von den Bauern Sprüche anhören, weil er nach dem siebten Korn von der Beerdigung seiner Frau anfing und herumbrüllte, daß er damals die Wohnung zertrümmert und die Schränke und Tische zerhackt hätte; niemand hat ihm geglaubt, und sie machten sich über ihn lustig, weil er einen schlechten Geruch an sich hatte und mit seinen kaputten Händen und seinem runzeligen Gesicht und in seinen schäbigen Kleidern aussah wie ein Penner. Aber er hatte einen festen Wohnsitz, das Alte Eck.

Ich rauch mal eine. Gibst du mir Feuer, Oskar? Nimm dir ein Beispiel an meinem Mann, der war höflich und aufmerksam. Hier, mein Windfeuerzeug, mein Erbstück von ihm, eine dauernde Erinnerung. Aber davon verstehst du nichts. Mach lieber mal deine große Heizung an. Dein Wind fährt mir in alle Knochen, und ich krieg keine Luft. Knappst du jetzt auch damit rum? Du hast doch genug davon! Gib mir was zu schnaufen! So ist es besser. Daß ich immer erst mit dir schimpfen muß, bevor du mir einen winzigen Gefallen tust! So seid ihr Männer eben.

Das hab ich auch zu Ari gesagt, und das machte ihn rasend. Er sagte, wie ein Mann ist, das weiß keine Frau, aber ich bezweifel das entschieden. Leider hilft das Bezweifeln nichts, weil man nichts ändern kann. Ich hab Ari zugehört, wenn er von seiner Frau erzählt hat, von Edeltraut, seiner Traudi. Ob ihm keine blödere Abkürzung eingefallen ist, hab ich ihn gefragt und hätt mir hinterher am liebsten auf die Zunge gebissen. Was maß ich mir an, mich in die Liebe von zwei Menschen einzumischen? Sie verbrachten die meiste Zeit am Bahnhof, draußen, wenn's nicht regnete, und drinnen im Winter. Sie tranken viel Wein, und Traudi konnte ziemlich laut schreien, sie kreischte plötzlich los, und keiner wußte, wieso. Als er sie einmal mitbrachte ins Alte Eck, bekam sie einen Anfall und brüllte wie am Spieß; wir sind alle zu Tode erschrocken, und dann war sie wieder still. Pilartschek hätt sie fast rausgeschmissen, aber ich hab ihn beruhigt. Vielleicht hatte Traudi Alpträume, ohne zu schlafen, und wenn sie schrie, wachte sie auf. War's so, Oskar?

Sie ist jetzt im Himmelbett der Würmer, sagte Ari eines Abends. Er war drei Wochen nicht gekommen, und ich hab schon Ausschau nach ihm gehalten. Traudi war gestorben, und er hat mir von ihrem Wimmern erzählt. Sie lag im Bett, und der Arzt verschrieb ihr Tabletten, und die waren natürlich sinnlos. Ari flehte sie an, wieder zu schreien, so wie früher, doch ihre Stimme brachte keinen Schrei mehr zustande. Er wollte sie nicht weggehen lassen, aber was ist so ein Wollen schon wert im Angesicht deiner Willkür? Du hast seine Edeltraut ausgepumpt, bis sie nicht einmal mehr wimmern konnte, und dann hat sie ihn nur noch angesehen aus hohlen Augen, und dann verstarb sie jämmerlich, einen ganzen Vormittag lang, und er legte sich zu ihr, und ihr kleiner Körper bibberte, und sie krallte sich an ihn und mußte immer noch weiterleben.

Du hast ihr Reißnägel in die Adern gefüllt, Oskar, das tust du offenbar gerne, weil diese Kunst außer dir niemand beherrscht, und eine Gegenwehr gibt es nicht. Aribert erkannte seine Edeltraut nach diesem Vormittag nicht wieder, und er ging aus der Wohnung, als der Arzt kam und den Totenschein schrieb, und verschwand in der Stadt. Er hatte niemanden, der ihm bei der Beerdigung half, und uns im Alten Eck getraute er sich nicht zu bitten. Er schaffte alles allein. Er brachte seine Frau unter die Erde, vier Städtische vom Friedhof, die er nicht kannte, kondolierten ihm, sein Termin war von vierzehn bis vierzehn Uhr fünfzehn, die nächsten Schwarzen warteten schon in der Aussegnungshalle. Danach ging er in die Bahnhofsgaststätte und setzte sich ans Fenster, von wo aus er den Dom sah und den Vorplatz. Er bestellte ein Weizenbier, Hühnerbrühe und Gulasch mit Knödel und aß und trank und kam am Ende auf neun Weizenbiere und fünf Korn. Sein Leichenschmaus. Im Taxi ließ er sich nach Hause fahren, und die Vettel, die über ihm wohnte, begrüßte ihn und entschuldigte sich, daß sie nicht bei der Beerdigung war, aber ihr Sohn, der Arzt, hätte einen einmaligen Vortrag gehalten, und den dürfte sie doch nicht versäumen. Ari sagte, die Beerdigung seiner Frau sei auch eine einmalige Sache und spuckte der Alten vor die Pantoffeln und schleppte sich in seine Wohnung, für die sein Bruder, den ich nicht kannte, die Miete bezahlte. Ari arbeitete mit einem Griechen und einem Türken bei der Müllabfuhr, daher sein Geruch, sagte Pilartschek, als er mal gute Laune hatte. Er hat mich ein wenig gestört, der Geruch, wenn das Wetter sich änderte. Das Mädchen, das er auf der Domplatte kennenlernte, ein halbes Jahr nach dem Tod seiner Frau, war da wohl unempfindlicher.

Sie ging mit ihm mit, und er gab ihr fünfzig Mark, und sie beugte sich über den Tisch und zog ihre Hose runter. Sie hatte eine Schlange auf dem Hintern, das hat er mir erzählt, als ich ihn im Gefängnis besuchte. Der alte Bock hat so heftig zugestoßen, daß das Mädchen geschrien hat, und das hat ihn an seine Frau erinnert, und er wurde immer heftiger, solange, bis das Mädchen immer lauter schrie und blutete. Dann klopfte jemand an die Tür. Es war die Vettel von oben, und sie hatte gleich ihren Sohn dabei, den Arzt, und die Polizei, und Ari stand vor ihnen mit heruntergelassener Hose, und das Mädchen lag, glaub ich, auf dem Boden und schluchzte und blutete. Vor Gericht sagte sie aus, Ari habe sie vergewaltigt und geschlagen, und er wurde zu zwei Jahren verurteilt. Ich hab ihn besucht, und er sagte, das Mädchen habe ihn an einer falschen Stelle berührt, und plötzlich sei er wieder in Rußland gewesen, ein Gefangener, der mit Stöcken geschlagen wurde, halbnackt im Schnee, und die Russen hätten ihn tanzen lassen, und er wollte sein Geschlecht bedecken, aber sie schlugen mit den Stöcken so lange auf seine Hände, bis er sie wegnahm. Das alles konnte er vor Gericht nicht sagen, und es hätte auch nichts genützt. Sie hatte eine Schlange auf dem Po, sagte er immer wieder, weil er so was noch nie gesehen hatte. Nachdem er entlassen wurde, kam er öfter ins Alte Eck, und ich merkte bald: wenn er länger als fünfzehn Minuten stumm dasaß, dann war es wieder soweit, dann verschwand er auf der Toilette und machte an sich herum. Wie besessen. Und dann schrie er, und das hörte sich an, als würde er abgestochen, und Frenzi oder ich gingen jedesmal nachsehen. Vielleicht stellte er sich dabei das Mädchen vor, das ihn ins Gefängnis gebracht hatte, oder seine Frau, oder er fand einfach keine andere Möglichkeit, seine Wut aus sich herauszubringen. Warum er dazu allerdings ausgerechnet unsere Toilette benutzen mußte, weiß ich bis heute nicht. Er kam zurück in die Gaststube, sämtlichen Blicken ausgeliefert, setzte sich, trank weiter sein Weizenbier und legte seine klobigen Hände flach auf die Schenkel.

Niemand von uns hat sein Schreien vergessen und den eigentümlichen Geruch, der von ihm ausging. Was aus ihm geworden ist, keine Ahnung.

Hast du ihn ins Himmelbett der Würmer verfrachtet? Oder zurückgeschickt in den russischen Schnee? Oder bringt er deinen Dreck weg, unser Experte für Müllbeseitigung? Ich hab ihn gesucht, aber nur herausgekriegt, daß er unbekannt verzogen ist. Ich besuchte das Grab seiner Frau. Ich hab ihn nicht getroffen. Auch am Bahnhof wußte niemand, wo er steckte, und es vermißte ihn auch niemand. Aribert Schön.

Manche Gäste sind mir abhanden gekommen. Von manchen weiß ich nur den Namen und ihre Spezialitäten, Fernet Branca auf Eis zum Beispiel war das Erfrischungsgetränk von Viktor Hundhaber. Er kam, trank und verschwand. Seinen Namen weiß ich nur, weil eines Abends seine Frau auftauchte und nach ihrem Mann suchte. Ich bin Mitzi Hundhaber, sagte sie zu mir, wo ist mein Mann Viktor? Im ersten Moment hatte ich keine Ahnung, von wem die Rede war. So selten geschah das nicht, daß eine aufgelöste Ehefrau hereinschneite und ihren Gatten auf frischer Tat ertappen wollte. Also sagte ich zu Mitzi: Ich bin Lili, und dann beschrieb sie mir den Gesuchten: groß, eckiges Gesicht, blaue Augen, kurze Haare, blauer Blouson. Von der Sorte gab's mehrere. Ich fragte sie, was er am liebsten trank, und sie sagte: Malzbier. Doch seit ich im Alten Eck arbeitete, hat es nie Malzbier gegeben, und solange ich dort arbeitete, würde es auch keins geben. Wer kein Bier verträgt, soll zu Hause bleiben.

Mitzi zeigte mir ein Farbphoto, und darauf erkannte ich ihn. Ja, sagte ich, jetzt erinnere ich mich, der trinkt als einziger Malzbier. Wo er steckte, wußte ich nicht. Mitzi trug einen roten Hut und ein grünes Cape, und ich fand, sie sah irgendwie mißgekleidet aus. Von da an nannten wir sie Miß Gekleidet. Sie kam bald öfter. Auch Viktor kam, allerdings zu anderen Zeiten. Ich sagte ihm, seine Frau würde nach ihm suchen, und er sagte, das täte sie seit einem Jahr, obwohl er ihr das verboten hätte. Vor einem Jahr wollten die beiden nach Amsterdam reisen, zum ersten Mal seit zwanzig Jahren, und er war im letzten Moment aus dem Zug wieder ausgestiegen und zu seinem Sohn Teddy aufs Land gefahren.

Teddy hieß nach einem amerikanischen Soldaten, der die Hundhabers in den kargen Zeiten mit Corned beef und Zigarettenstangen versorgt hatte und ansonsten sein Quartier und die Unterkünfte der anderen Soldaten bewachte und gerne Lieder sang, die kein Mensch verstand. Er war auch der erste, der den Hundhabers Bier aus Dosen nahebrachte, und sie tranken Unmengen davon, auch Mitzi. Sie war ein wenig verknallt in den Soldaten, und als er zurück nach Amerika mußte, schwor sie ihm, ihren Sohn nach ihm zu nennen. Es gelang Viktor nicht, sie davon abzubringen. So bekam er einen Sohn mit einem amerikanischen Namen, und nicht einmal der Pfarrer Pleng hatte was dagegen. Ted Hundhaber.

Teddy zog mit anderen jungen Leuten in ein Bauernhaus auf dem Land, und da besuchte ihn Viktor an dem Tag, an dem er eigentlich nach Holland reisen sollte.

Von Beruf war Viktor Portier in einem kleinen Hotel; kein richtiger Beruf, eher eine Anstellung, die er sechsundzwanzig Jahre lang hatte, ohne daß sich viel veränderte. Für Urlaub hatte er keine Zeit, und er hatte auch keine Lust, irgendwohin zu fahren und zwei Wochen lang rumzusitzen. Mitzi kam allein in Holland an. Viktor hatte bereits im Hotel angerufen und ausrichten lassen, daß er sich die Sache anders überlegt hätte. Er besuchte zum ersten Mal seinen Sohn auf dem Land, und dann tauchte er unter.

Alles, was ich über Hundhaber weiß, weiß ich von Miß Gekleidet. Ob das stimmt, kann ich nicht beurteilen. Immer wenn sie sich hinsetzte, um eine Cola zu trinken, ließ sie ihren roten Hut auf. Frenzi und ich mußten uns dann ihr Leid anhören. Sie hatte eine Tochter, Bea, Friseuse, und die hatte angeblich eine Ähnlichkeit mit Steffi Graf. Ich persönlich möchte ja keine Ähnlichkeit mit Steffi Graf haben, aber man kann sich das nicht aussuchen. Wir müssen nehmen, was wir von dir kriegen, Oskar, und das tun wir auch alle brav.

Warum Miß Gekleidet ihren Mann zurückhaben wollte, haben weder Frenzi noch ich begriffen. Wegen eines Splitters im Rücken war er aus dem Militär entlassen worden, und wenn er sich hinsetzte, hatte er das Gefühl, ein Messer im Darm zu haben. Seine Kameraden wollten ihn zwingen, sich die Pistole in den Mund zu stecken und abzudrücken, wenn er sonst schon zu nichts mehr taugte. Er hatte die Courage nicht. Also schickten sie ihn nach Hause, er war der einzige Mann im Luftschutzkeller, die Frauen sahen ihn schief an, und er schenkte ihnen Zigaretten. Ich hab ihn gefragt, ob er immer noch Schmerzen habe, doch er antwortete nicht. Er trank seinen Fernet und dann noch einen, und dann verschwand er, und nie begegnete er seiner Frau. Als hätten sie vereinbart, sich zu verfehlen.

Clever gemacht, Oskar! Ab und zu sollst du auch dein Vergnügen haben. Und einmal hast du wirklich gepokert, wir waren ganz schön baff, Frenzi und ich.

Das war, als Miß Gekleidet uns ihre Tochter vorstellte, Bea, und das erste, was mir an ihr auffiel, war ihr enormer Zinken und Sommersprossen drum herum. Sie hatte blonde Schnittlauchhaare und war ungefähr dreißig. Die beiden Frauen setzten sich, und Bea bat mich zu verraten, wo sich ihr Vater versteckt halte. Ich wußte es nicht, und ich sagte, daß er manchmal komme, manchmal nicht. Sie bat mich, sie anzurufen, wenn er das nächste Mal ins Alte Eck käme. Warum? fragte ich sie, und sie schaute mich aus ihren blauen Augen an, und ihre Nase zuckte komisch. Er ist mein Vater, sagte sie leise, und ihre Mutter fing an zu heulen. Heulende Frauen im Gasthaus sind ein Graus. Heulende Männer sind leicht zu trösten, man stellt ihnen ein frisches Bier und einen Schnaps hin, setzt sich neben sie und nimmt ihre Hand. Hat immer funktioniert. Bei heulenden Frauen funktioniert nichts. Im Fall Mitzi hatte ich zu tun, denn es waren noch andere Gäste da, und Frenzi übernahm die Tröstung.

Nach drei Stunden zogen sie wieder ab. So lange war Miß Gekleidet noch nie geblieben. Und eine Minute später kam Viktor herein. Ich war mir sicher, er mußte ihnen draußen begegnet sein, aber er schüttelte den Kopf, als ich ihn fragte, und ich war mir nicht sicher, ob er die Wahrheit sagte. War auch egal. Ich brachte ihm seinen Fernet. Er sagte, sein Sohn Teddy hätte an einer Demonstration teilgenommen, die vor einem Lokal stattfand, in dem irgendein kultureller Verein einen kulturellen Geburtstag feierte; in Wirklichkeit aber habe es sich um eine Versammlung von Faschisten gehandelt, und die Demonstranten hätten Steine geworfen und Schilder hochgehalten. Teddy sei von der Polizei verhaftet worden inklusive Anzeige wegen Ruhestörung und Sachbeschädigung, außerdem wegen Widerstand gegen die Staatsgewalt. *Was bringt zu Ehren? Sich wehren!* sagt Goethe, sagte Viktor, und ich stimmte ihm zu. Er spendierte mir einen Fernet, obwohl ich mir nicht viel draus mache; ihm zu Ehren trank ich mit, und er hob sein Glas, und ich meins, und ich rechnete jede Sekunde mit einem Überfall von Mitzi und Bea. Doch alles blieb ruhig. Wo wohnen Sie? fragte ich ihn, und er schwieg. Ich wollte ihn nicht verraten, ich war nur neugierig. Frenzi stellte ihm Fangfragen, aber er erzählte nichts über sich, nur über seinen Sohn. Schon als Junge wollte Teddy Menschen in Wale verwandeln, sagte Viktor, er war ein sanftes Kind, beinahe zärtelnd. Zärtelnd ist kein leichtes Wort für jemand, der sieben Fernet intus hat, aber Viktor brachte es problemlos über die Lippen. Zärtelnd.

Ja, mein Willi war auch zärtelnd, manchmal, nicht von Natur aus, nur zu bestimmten Zeiten, als er vier oder fünf war, und dann später auch, mit ungefähr dreizehn, vierzehn. Da weinte er viel und wurde oft krank und hing an mir dran und streichelte stundenlang die Katzen im Haus. Hoffentlich hab ich ihn nicht zu grob angefaßt damals, ich war ja auch nicht immer aufmerksam und geduldig, es setzte schon mal was, wenn der Lärm unerträglich wurde und überall die Spielsachen herumlagen. Da ist mir die Hand ausgerutscht, und hinterher hat's mir leid getan. Ich bin nicht wie du, Oskar, ich bereue die Tränen, die meine Kinder wegen mir vergossen haben.

Viktor ist nicht wiedergekommen. Mitzi kam

noch drei- oder viermal, und dann auch nicht mehr. Frenzi suchte im Telefonbuch ihre Adresse heraus, und wir wollten immer mal unauffällig vorbeigehen und sehen, wie die so leben, Miß Gekleidet und ihre Tochter Rübennase; doch dann war keine Zeit, und dann war die Zeit um. Vielleicht hat mir Viktor nicht mehr getraut, vielleicht dachte er, ich verrat ihn an seine Frau. Er war auf der Hut. Er arbeitete nicht mehr im Hotel. Vielleicht lebte er auf der Straße, was ich nicht recht glaube, da er immer sauber angezogen war und gepflegt wirkte. Seinen Sohn hab ich nie kennengelernt. Teddy Hundhaber. Mir genügt, daß sein Vater stolz auf ihn war, und gewiß war auch Teddy stolz auf seinen Vater, der einfach wieder aus dem Zug steigt und seine Frau allein bis nach Holland fahren läßt und dann sagt: Ich bin desertiert.

Ich hab ihn bewundert um sein geheimes Leben. An manchen Tagen wär ich ihm beinah gefolgt in sein Versteck und hätt mich verkrochen unter der Kamelhaardecke, die er mitgenommen hatte, wie mir Mitzi ausführlich erklärt hat. Es hätte mich dann einfach nicht mehr gegeben, keine Bestellungen mehr aufnehmen, kein Gehetze morgens, um noch ein paar Lebensmittel einzukaufen vor der Arbeit, kein Streit mit Pilartschek um ein paar Mark extra, kein Stammtisch, an dem alle was anderes wollen von mir; ich wär nur für mich da, und ich würde endlich mal ausschlafen und am Rhein entlangschlendern, und keiner ruft nach mir, und ich spendier mir einen Kaffee und ein Stück Apfelkuchen mit Sahne, und abends leg ich mich schlafen, und mein Kopf dröhnt nicht von den Stimmen und dem Krach, *und meines Lebens schönster Traum hängt an diesem Apfelbaum,* und am nächsten Morgen bin ich putzmunter und kann machen, was ich will.

Ich hätt den Herrgott einen frommen Mann sein lassen und wär selber fromm gewesen. Genauso wär's gewesen, Oskar, und nicht anders.

Ich hab ja nicht einmal den Mittwoch genutzt, um zu tun, was ich will. Mittwoch war Ruhetag im Alten Eck, und da hatte ich so viele Sachen nachzuholen, die die Woche über liegengeblieben waren, daß ich nicht dazu kam, herumzuschlendern oder Wilhelm Busch zu lesen. Der Frenzi ging's genauso. Wir trafen uns oft zufällig im Westkauf, sie brauchte neues Nähzeug, ich ließ mir die Schuhe reparieren beim Flinken Schuster im Tiefgeschoß.

Verschnaufpausen gab's für uns nicht. Als wär jemand hinter uns her. Als hätten wir das Ausruhen nicht verdient. Wir trauten uns nicht, uns auch mal was zu gönnen; etwas, das gar keinen Sinn hat und nur Freude macht. Nichtstun zum Beispiel, die Hände in den Schoß legen und fünf Stunden lang so dasitzen, das Gesicht in der Sonne und barfuß.

Das haben wir versäumt, und das können wir nicht mehr nachholen.

Daran bist du nicht schuld, Oskar. Für seine Dummheit ist jeder selber verantwortlich.

9

Du bist nur für das Unglück verantwortlich, bloß: dir kann deshalb niemand zu nahe kommen. Du bist der unangreifbare Hund, der beißen kann, wen er will. Du denkst vielleicht, eine alte Frau darf solche Reden nicht führen, aber da täuschst du dich. Wenn ich auch nicht studiert hab, so bin ich nicht so dumm, daß ich brav mein Maul halte und höchstens mit den Zähnen klappere. Das einzige, was an mir klappert, sind meine Knochen, und die dürfen ruhig klappern, das stört mich nicht, und dich hoffentlich auch nicht. Du kannst mir den Mund nicht mehr verbieten, ich sag, was ich denke, und ich sag's laut.

Du denkst, ich bin eine alte verbitterte Frau, die jammert, weil ihr Leben aus ist. Denkste! Ich jammere nicht, beileibe nicht. Wenn du meinst, ich fang hier an zu heulen, dann hast du dich geschnitten, Oskar.

Ja, komm zu mir, Puskas, komm her zu mir, raus aus dem Korb. Bist du schwerer geworden? Das ist für dich, frische Leber von Frau Klemm. Nicht so hastig essen! Laß dir Zeit, wir haben's nicht eilig. Kau langsam. Schön schnurren, du willst mich wohl rumkriegen, damit ich dir noch was gebe. Gleich. Ich setz mich erst mal wieder hin.

Schon gut, Puskas, ganz ruhig. Leg dich auf meinen Schoß. So ist es schön. Laß meinen Finger los! Da ist Blut auf dem Mantel, von der Leber. Schleck's ab, ja, frierst du? Du zitterst ja. Komm her, ich leg meine Arme über dich. So.

So geht das, Oskar. Ich zeig dir, wie man einem zitternden Wesen Vertrauen einflößt und ihm die Furcht nimmt. Zieh den Nebel weg, dann siehst du, was ich meine und kannst was lernen.

Frenzi, meine Kollegin, hat ihrem Sohn Robert viel Mut mit auf den Weg gegeben, und er hätt ein bekannter Musiker werden können. Voller Selbstvertrauen stand er mitten im Gewühl in der Fußgängerzone und spielte auf seiner Geige. Vierzehn Jahre alt. Wenn jemand einen Wunsch hatte, der Robert spielte alles. Evergreens wie *Nun will der Lenz uns grüßen* oder *Wir tanzen im Maien* oder *Hab mei Wage voll gelade* und natürlich *Ein Jäger aus Kurpfalz.* Am Abend präsentierte er dann seiner Mutter die Einnahmen, und sie war stolz auf ihn, aber auch besorgt, denn es war verboten, ohne Genehmigung in der Fußgängerzone zu spielen, und mit seinen vierzehn Jahren hätt er niemals eine Erlaubnis erhalten. Sein Vater Eduard war der Meinung, Robert sollte mehr für die Schule tun und weniger für die Kunst. Er arbeitete als Koch bei der Bundesbahn und war selten zu Haus, und wenn er mal frei hatte, schlief er viel oder lag dösend vor dem Fernseher.

Für den Haushalt und für die Erziehung war

Frenzi verantwortlich, und nebenher schuftete sie fünf oder sechs Stunden im Alten Eck, und ich bot ihr oft an, ihren Dienst mit zu übernehmen, aber nein. Wenn das Licht schlecht fiel, sah ich ihre tiefen Augenringe, und sie schaute einen an mit einem Blick, der sagte: Ich kann nicht mehr. Doch Frenzi hörte nicht auf, sie war keinen Tag krank, und wenn sie erkältet war, trank sie Grog und nahm eine halbe Schachtel Aspirin und kümmerte sich nicht um ihr Befinden. Es hatte auch keinen Zweck, daß ich auf sie einredete, sie sagte dann höchstens, eigentlich müßte sie die Schicht für mich übernehmen, weil ich fast fünfzehn Jahre älter bin als sie und meine Beine weh tun und meine Hände zittern vom vielen schweren Tragen. Für Pilartschek, unseren Chef, waren solche Gespräche die reinste Zeitverschwendung, und ich mußte ihm gelegentlich den Kopf waschen, weil er Frenzi nicht nach Hause schickte, wenn Robert krank war oder sie selbst, und weil er sich nur um seine eigenen Wehwehchen kümmerte und sich vollaufen ließ. Er hörte sich das jedesmal an und ging dann weg, rauf in seine Wohnung, und kam erst am nächsten Vormittag wieder runter. Die ganze Arbeit, das Abräumen, Abspülen, Zusperren blieb an mir hängen, und wenn Frenzi abends Dienst hatte, blieb sie bis zum Schluß, bis halb zwei Uhr nachts, und wir verließen gemeinsam die Kaschemme und rauchten noch eine auf der Straße. Wir waren so müde, daß wir nicht mehr sprechen konnten. Meine Beine waren eisenschwer, und ich dachte, ich komm keinen Meter mehr weit. Frenzi lehnte an der Hauswand, und in der Glut ihrer Zigarette wirkte ihr Gesicht knochig und hart, grau wie Asche. Ich möchte nicht wissen, wie ich ausgesehen hab. Diese letzte Zigarette auf der Straße mitten in der Nacht war der erste ruhige Moment des ganzen Tages, und in sechs Stunden war die Nacht um.

Manchmal hupte ein Auto, manchmal sprach uns jemand an, und wir brachten nur noch ein Stammeln heraus, mit uns war nichts mehr anzufangen.

Nachdem ich im Alten Eck aufgehört hatte, brachte mir Frenzi mittags ihre selbstgemachten Bouletten mit buntem Pfeffer vorbei, als ob sie auch noch Zeit übrig hätte! Wir aßen sie gemeinsam, und sie erzählte mir, was es Neues gab; das war nicht viel, außer daß ein neuer Wirt das Gasthaus übernommen hatte, Hubert Meyer; jetzt hatte also die Meyerstraße einen Wirt namens Meyer. Wenn der Witz von dir ist, Oskar, dann ist es um deinen Humor nicht besonders gut bestellt. Pilartschek hatte sich aus dem Staub gemacht, und deswegen hab ich aufgehört, wie du weißt. Dumme Redensart, vielleicht weißt du ja gar nichts!

Beinah jeden zweiten Tag kam Frenzi mittags vorbei und umsorgte mich, wie sie ihren Sohn Robert umsorgt hatte vierzehn Jahre lang, den Geigenspieler und Schlittschuhläufer. Sein Vater begleitete ihn im Winter zum künstlichen See, auf dem die Kinder herumtollten, Eishockey spielten, Schneebälle warfen oder einfach nur herumfetzten. Die Eltern standen am Rand und sahen zu und winkten. Frenzi sagte zu mir, daß ihr Mann nicht schwimmen kann, und also konnte er seinem Sohn gar nicht helfen, als der einbrach. Kein Mensch hat geahnt, daß das Eis zu dünn war zum Spielen. Als die Feuerwehr kam und der Notarzt, standen die Leute immer noch am Ufer des Sees, und Eduard fuchtelte mit den Armen herum und rannte von einem zum andern, und jeder war nicht zuständig.

Welcher von denen warst du, Oskar? Der mit dem Schnauzbart wieder, oder diesmal glattrasiert mit einem flotten Schmiß auf der Wange? Im Sonntagsstaat oder in der speckigen Lederjacke? Mit Sonnenbrille oder ungetarnt? Und dazwischen ein aufgeregter Bundesbahnkoch, der wie ein angeschossenes Wild herumspringt und jault und immer mehr stirbt, und keiner erlöst ihn, obwohl hundert um ihn herumstehen, bald hundert Leute, lauter Gesunde. Ein Feuerwehrmann brachte Robert ans Ufer, und sein Vater kniete neben ihm, und Frenzi wurde von einem Polizisten festgehalten, der eine Ruhestörung durch eine unkontrollierbare Mutter verhindern wollte.

Eduard machte den besten Rehrücken, den man in den Zügen bekommen konnte, dafür war er bekannt, sogar Geschäftsleute aus Frankfurt oder München erkundigten sich, ob Eduard an Bord war und er ihnen seinen speziellen Rehrücken zubereitete. Nach dem Unglück war er dann nur noch unterwegs, und Frenzi blieb zu Hause und ging in die Arbeit, und wir hängten die Todesanzeige hinter den Tresen, und davor stand eine Kerze, die immer brannte. Man muß das verstehen, sagte sie, mein Mann will immer weg sein, er hält das nicht aus in der stillen Wohnung.

Man muß das verstehen, aber ich verstehe das nicht, nein.

Ich frag mal meinen Puskas hier. Verstehst du das? Was? Du sollst nicht schnurren, du sollst mir antworten! Kannst du mir sagen, warum der Geiger Robert an einem Sonntagnachmittag von einem See verschlungen wird?

Puskas weiß es auch nicht. Du bist der einzige, der mir eine Antwort geben könnte, Oskar. Sag was, verdammt!

Und was geschah bitte in der Nacht, als Eduard neben seiner Frau Frenzi lag und plötzlich aufwachte und dringend auf die Toilette mußte? Was ist da passiert? Er hat seine Hausschuhe angezogen, das war zu beweisen, und dann ging er hinüber ins Badezimmer. Hat er vorher seiner Frau noch einen Kuß gegeben? Ja? Er ging ins Bad und setzte sich aufs Klo. Und irgendwann wachte Frenzi auf und vermißte ihren Mann neben sich. War's so? Sie tastete nach ihm, und er lag nicht mehr da. Sie knipste das Licht auf dem Nachttisch an und hörte Wasserrauschen. Das war ebenfalls zu beweisen. Sie setzte sich auf und lauschte. Dann rief sie seinen Namen. Was hat sie gerufen, Oskar? Eduard?

Hallo? Niemand weiß das außer dir. Jedenfalls ist sie aufgestanden und barfuß ins Badezimmer gegangen. Und dann? Da lagen Eduards Hausschuhe, und über die soll sie gestolpert sein? Der Arzt hat das behauptet. Woher will der das wissen? Hast du ihm das eingeflüstert? Oder saugen sich die Ärzte solche Sachen aus den Fingern? Niemand kann das Gegenteil beweisen. Die Leute im Haus dachten, die Lüftungsschächte wären mal wieder verstopft, und deswegen riecht es so seltsam. Schließlich benachrichtigte der Hausmeister die Polizei, und die brach die Wohnungstüre auf. Frenzi lag im Schlafanzug in der Diele, und Eduard hing gekrümmt über der Badewanne, und das Wasser rauschte, und die Hausschuhe lagen bei der Tür. Eduard starb an Herzversagen, sagte der Arzt, ebenso wie Frenzi. Doppeltes Herzversagen. Das wiederum verstehe ich nach allem, was den beiden widerfahren ist.

Der Hausmeister sagte zu mir, man denkt ja nicht gleich das Schlimmste, wenn's mal stinkt im Hausgang. Acht Wochen lagen Frenzi und Eduard in ihrer Wohnung, acht Wochen lang hat die beiden niemand vermißt.

Komm zu mir, Puskas, bleib ruhig. Hör auf, an meinem Mantel zu kratzen. Du sollst deine Krallen einziehen! Riechst du das? Die Luft schmeckt nach ranziger Butter, das kommt aus Kalk, von der Fabrik. Die verdammten Tauben gurren sogar um diese Zeit. Wie spät ist es eigentlich, Oskar? Der Nebel ist dick wie Brei.

So ist diese Familie vom Erdboden verschwunden, und wenn's das bescheidene Holzkreuz nicht gäbe, wüßte kein Mensch, daß die drei jemals existiert haben. Sie waren aber da, wie die anderen alle, von denen ich dir zum hundertsten Male erzähl, denn du bist schwerhörig und vergeßlich und abwesend. Und solang es meine Stimme noch tut, hör ich nicht damit auf.

Hör auf zu schreien wie ein kleines Kind, Puskas, du weckst ja die Toten auf! Ich laß dich jetzt los, es ist soweit.

Hast du gesehen, Oskar? Er hat mit den Beinen gestrampelt wie ein Baby, der kleine starke Kater. Jetzt ist er auf dem Weg ins Leberparadies. Ich schick ihm einen Kuß, den blas ich von zwei Fingern übern Fluß.

10

Rauchen ist gesund. Ich hab mir die Marke bei Pilartschek angewöhnt. Salemohne. Den einzigen Menschen, den ich je kennengelernt hab, der dieselbe Sorte rauchte, war ein Polizist. Er hieß Süden und war von der Mordkommission, aus der er entlassen worden war, weil er einen Kollegen erschossen hatte. Im Dunkeln hätt ich dem nicht begegnen wollen. Er kam ein paarmal ins Alte Eck, bot mir Zigaretten an, Salemohne, redete wirres Zeug und trank Whisky. Pilartschek mochte ihn nicht. Doch wen mochte mein Chef schon?

Achtundzwanzig Jahre hab ich für ihn gearbeitet, sechs Tage die Woche. Mittwoch war zu, Ruhetag. Die anderen Wirte im Viertel sperrten am Samstag zu, oder am Montag, er nicht. Sein Ruhetag war Mittwoch. Und Frenzi fand heraus, daß Pilartschek an einem Mittwoch geboren wurde; sie kannte eine Formel, mit der man das ausrechnen konnte; falls es eine Formel war und nicht ein Trick.

Mein Geburtstag, solltest du eigentlich wissen, Oskar, war ein Donnerstag, ein Tag wie jeder andere, der dreißigste April. Stier. Darauf hab ich nie was gegeben, auf Sternzeichen und ähnlichen Hokuspokus, auch wenn wir jeden Tag nachgesehen haben, was uns heute wieder blüht.

Die Nachrichten waren immer positiv. Die Leute sollen ja auch am nächsten Tag noch die Zeitung kaufen. Also, ich bin ein Donnerstagskind, und Josef Pilartschek war ein Mittwochskind und später dann ein Mittwochswirt.

Er hat viel getrunken, außer am Ruhetag, da schlief er bis Mittag. Nach dem Frühstück schleppte ihn seine Frau in die Innenstadt, zu den Boutiquen. Sie brauchte das. Sie kaufte sich dauernd so einen Fummel und kam damit ins Alte Eck. Sah billig aus, manchmal auch unanständig. Er hatte es nicht leicht mit ihr. Es kann gut sein, daß er wegen ihr so viel getrunken hat, aber er kam trotzdem nicht von ihr los.

Sie kannten sich von Jugend an. Ihr Zimmer hatte ein rundes Fenster, hat er mir erzählt, und von ihrem Bett aus schaute er durch dieses runde Fenster, das man nicht aufmachen konnte, auf eine Wiese hinunter. Und wenn der Mond groß schien, kamen die Katzen. *Schnurrend vor Sehnsucht schleichen die Katzen mit Pupillen aus geschaffenem Glas durch das Gras.*

Das hab ich mir gemerkt. Eva, seine Freundin und spätere Frau, hat das gesagt. Angeblich sagte sie lauter so geschraubte Sachen. Pupillen aus geschliffenem Glas … Sie haben dann eine Kneipe eröffnet, weil irgend etwas schiefgegangen war in ihrem Leben. Sie wollte ursprünglich Journalistin werden und er Photograph. Und das hat dann nicht geklappt. Sie wurden überall abgelehnt, und weil sie einen Freund hatten, der eine Pilsbar führte und keine Lust mehr dazu hatte, übernahmen sie den Laden von ihm. Um eine Pilsbar zu schmeißen, braucht man keine großen gastronomischen Kenntnisse. Die Kneipe lief gut, und die Brauerei machte ihnen das Angebot, das Alte Eck zu übernehmen. Eva in der Küche, Josef hinterm Ausschank.

Seinen Vorgänger kannte ich noch gut, er hat mir oft ein Extrageld zugesteckt und mich nach Hause geschickt, wenn nichts los war. Glück, Peter Glück. Er war ein richtiges Original, und ich bin mir nicht sicher, ob er jemals aus Kalk herausgekommen ist. Er hat mich eingestellt, und ihm hab ich's zu verdanken, daß ich nicht auf der Straße stand und daß Geld ins Haus kam und daß wir uns frisches Obst leisten konnten und neue Kleidung nach all den Jahren. Es hat lange gedauert, fast ein Jahr, bis ich mich an Pilartschek gewöhnt hab und an seine mufflige Art und seine Knickrigkeit. Die Glücks zogen in ein Altersheim, und als Peter starb, folgte ihm Paula einen Monat später nach. Sie sind beide friedlich eingeschlafen, und das wiederum war eine schöne Geste von dir, Oskar. Ganz recht: Ich bin auch dankbar und laß das Gute nicht unerwähnt.

Natürlich war ich froh, daß mich Pilartschek behalten hat und kein junges Mädchen nahm. Frenzi brachte er mit, die hatte schon in der Pilsbar ausgeholfen, und ich mochte sie gleich gern. Wir haben schon am ersten Tag Bruderschaft getrunken. Pilartschek war auch dabei, und er gab sogar eine Runde aus und erzählte ein bißchen was.

Sein Vater ist neunundvierzig oder fünfzig rüber in die DDR, und vorher war er in Gefangenschaft, so daß der Josef ihn eigentlich nie zu Gesicht bekommen hat. Seine Mutter sagte oft zu ihm: Dein Vater ist nach drüben gegangen. Dann lief der junge Josef in den Garten hinaus, bog die Hecke auseinander und schaute in den Nachbarsgarten. So naiv war er, obwohl er schon siebzehn war.

In schlimmen Nächten, wenn seine Mutter nicht schlafen konnte, stellte sie das Radio so laut es ging und schrie: Dein Vater hat kein Vaterherz, der hat ein Schweineherz! Und Josef stand in der Tür, und aus dem Radio dröhnte die Musik, und seine Mutter schlug mit den Händen gegen die Wand.

Geld hatten sie wenig. Vera Pilartschek ging putzen, und Josef half in der Sportgaststätte aus, und abends aßen sie gemeinsam in der kalten Küche trockenes Brot mit Käse drauf. Sie verdienten beide nur ein paar Kröten, und die Miete war hoch, und kein Mann wollte die dürre Vera haben.

Eines Abends, als Josef nach zehn Stunden Arbeit in der Sportgaststätte nach Hause kam, öffnete seine Mutter nicht. Er holte den Reserveschlüssel aus dem Schuppen hinterm Haus und sperrte auf. Seine Mutter lag auf der Chaiselongue und atmete nicht mehr. Er ist zum Fensterbrett gegangen, hat er erzählt, und hat seinen Finger in einen Blumentopf gesteckt und festgestellt, daß die Erde trocken war. Dann nahm er die Gießkanne und goß alles Wasser in den Topf, und das Wasser tropfte auf den Teppich, und er stellte die Gießkanne wieder auf ihren Platz und drehte sich um: Seine Mutter lag immer noch auf der Chaiselongue.

Die Polizisten, die die Leiche untersuchten, fragte er, ob sie seinen Vater gesehen hätten und ob sie wüßten, was für eine Stimme sein Vater hätte. Sie nahmen ihn mit aufs Revier und machten ein Protokoll, und er gab ihnen eine Beschreibung seines Vaters. Man fragte ihn, wie lange er ihn nicht mehr gesehen habe, und er antwortete: Seit gestern abend nicht mehr. Die Polizisten leiteten eine Fahndung ein, und auf die Frage, warum sich seine Mutter umgebracht habe, sagte er: Sie hatte den Hunger satt.

Manchmal, wenn er getrunken hatte, fragte er mich nach der Stimme seines Vaters, und ich konnte es ihm nicht sagen. Dann trank er weiter und sagte plötzlich: Was soll er schon für eine Stimme haben ohne Gesicht, und was soll er für ein Gesicht haben ohne Kopf, und was soll er für einen Kopf haben ohne Körper, und was soll er für einen Körper haben ohne Herz, und was soll er für ein Herz haben ohne Sohn? Josef Pilartschek. Mein Cheflein.

Er hatte es nicht verdient, eines Nachts in seine Wohnung zu kommen, und da war nur noch der Geruch von Evas Eau de Cologne. Josef wünschte sich, ihr Schnarchen wäre da, er haßte ihr Geschnarche vor dem Fernseher, wenn sie wieder eine halbe Flasche Schlehenfeuer getrunken und ein Päckchen Juno geraucht hatte.

Die Zeit, als das Wünschen noch geholfen hat, ist mit den Dinosauriern ausgestorben. Was hab ich Kerzen angezündet im Dom, Oskar, und auf dem Fensterbrett in meiner Wohnstube, und was hab ich mir alles gewünscht im Leben – in Erfüllung gegangen ist nur ein einziger großer Wunsch: daß Wilhelm und ich einen Ausflug nach Helgoland unternehmen. Für das Wünschen bist du wahrscheinlich nicht zuständig, Oskar, das ist kein so wichtiger Verantwortungsbereich, das wird irgendeine Hilfskraft von dir erledigen, irgendein alter buckliger Engel, der uns zuhören muß, wenn wir mal wieder was wollen, und das notiert er sich und wirft die Zettel später weg. Daß er mir diesen einen Wunsch erfüllt hat, rechne ich ihm hoch an. Pilartscheks Wunsch hat er einfach übergangen.

Als er spätnachts ins Schlafzimmer kam, war da kein Grunzen und Röcheln wie sonst, sondern eine fürchterliche Stille. Er schaute in den Schrank, und da hingen nur noch seine Sachen drin, und er durchsuchte die Kommode im Schlafzimmer, und sie war leer bis auf seine Unterhosen und Socken. Im Kühlschrank fand er zwei Fläschchen Jägermeister, die leerte er schnell und kam dann wieder runter in die Kneipe. Wieso hab ich ihr nicht besser zugehört, fragte er mich an jenem Abend, bestimmt hat sie was gesagt, und ich hab's überhört oder nicht kapiert.

Er hat seine Frau oft zusammengestaucht, wenn sie mit den Bouletten zu lange brauchte oder mit dem Salat, oder wenn sie eine Suppe vergessen hatte, da tobte er immer gleich rum und blaffte sie an, und sie schwieg immer nur und entschuldigte sich.

Mittwochs zerrte sie ihn dann in die Boutiquen, das war schon krankhaft, aber er hätte sie deswegen nicht anzuekeln brauchen – das Einkaufen war eben ihr Vergnügen, die beiden hatten doch sonst nichts Schönes, jeden Tag die Schufterei im Alten Eck, das frische Fleisch und Gemüse besorgen in aller Herrgottsfrüh, die Vorbereitungen in der Küche, der Ärger mit der Brauerei wegen der Miete und dem angeblich zu geringen Bierumsatz; jeden Tag eine Plackerei und nie Ferien, höchstens mal drei Tage an Weihnachten zu Evas Eltern nach Stuttgart; aber wer fährt schon gerne freiwillig nach Stuttgart, und sei's auch nur für eine Woche? Pilartschek, das weiß ich genau, haßte Stuttgart, und er konnte Evas pingelige Eltern, die noch geiziger waren als er selbst, nicht ausstehen; im Sommer fuhren sie mit ihrem Mercedes an den Neckar und picknickten; Pilartschek haßte picknicken. Das erinnerte ihn an seine Mutter, die so oft mit ihm am Sonntag in den Volksgarten gegangen war, mit einer Decke unterm Arm und einem Korb mit zwei Äpfeln und einer Flasche Wasser drin; Josef schämte sich für die Armut seiner Mutter, und er wäre am liebsten zu Hause geblieben, doch sie wollte unbedingt ins Freie und die frische Luft genießen, wenigstens ein paar Stunden in der Woche.

Wäre sie an jenem Abend aus dem Badezimmer gekommen und hätte gesagt, sie möchte nächsten Monat ihre Eltern besuchen, dann hätte er bestimmt geantwortet: Laß uns doch gleich losfahren! Das hätte er getan. Aber nun lag er allein im Bett, angezogen, mit Schuhen an den Füßen, und spuckte Fusseln aus, weil er das ganze Kopfkissen nach ihrem Kopf abgesucht hatte, jeden Millimeter. Er roch ihr Eau de Cologne, und auf einmal hatte er den Eindruck, es roch gar nicht so übel, wie er immer geglaubt hatte all die Jahre, vielleicht duftete es auf eine Weise, die er einfach nicht richtig aufnehmen konnte mit seinem Riechorgan, das versaut war von den Jahrzehnten im Rauch und im Gestank der abgestandenen Biere.

Vier Wochen lang saß er in seiner Wohnung und wartete auf die Rückkehr seiner Eva. Sie hatte keine Nachricht hinterlassen, keinen Zettel, nicht die geringste Notiz. Er fürchtete schon, sie sei gekidnappt worden, doch kein Kidnapper nimmt alle Kleidungsstücke und Lieblingsschuhe seines Opfers mit. Eva war freiwillig gegangen, aber warum, Oskar, warum?

Frenzi und ich haben immer und immer wieder überlegt, wann ihr Weggehen begonnen haben könnte. Wieso haben wir nichts gemerkt? Ein anderer Mann? Praktisch unmöglich. Einmal hatten wir einen Aushilfskoch, Abdul, aber der war verheiratet, und Eva mochte ihn nicht, sie war froh, als er wieder weg war. Nach den vier Wochen, in denen Pilartschek nicht aus seiner

Wohnung gekommen war, fragte ich ihn, ob sich Eva vielleicht mittwochs mit jemandem getroffen hatte, wenn er nicht dabei war. Das glaubte er nicht. Er rief bei ihren Eltern in Stuttgart an, und die sagten ihm, Eva habe ihnen mitgeteilt, sie würde jetzt in einer anderen Stadt leben, aber in welcher, das hätte sie ihnen nicht verraten. Pilartschek fuhr mit dem nächsten Zug nach Stuttgart, und Frenzi und ich standen auf der Straße. Von einem Tag auf den andern schloß er das Alte Eck zu. Frenzi meinte, er würde sicher zurückkommen und den Laden wieder aufmachen.

Er machte den Laden aber nicht mehr auf. Seine Schwiegereltern in Stuttgart warfen ihn raus, er habe ihre Tochter schlecht behandelt und sie in die Küche gesteckt und ihr Leben ruiniert. Sie hätte was Besseres verdient als einen Wirt. In seinem Zorn zerdepperte er ein komplettes Kaffeeservice auf ihrem Mercedes. Dann fuhr er zurück nach Kalk und verkroch sich in seiner Wohnung. Ich besuchte ihn und riß alle Fenster auf, weil es nach alten Socken und Schnaps stank. Wir stellten die Wohnung auf den Kopf nach irgendeinem Indiz. Nichts. Eva war einfach verschwunden.

Da drüben im Dom hab ich mit Pilartschek lange gesessen, er hat mich überredet, von Kalk mit dem Taxi in die Innenstadt zu fahren und eine Kerze anzuzünden. Das hätt ich ihm gleich sagen können, daß das nicht klappt. Und hab ich nicht recht behalten, Oskar? Eva kam nicht zurück. Nach ein paar Monaten schickte sie ihm einen kurzen Brief, der in Hamburg abgestempelt war. Sie habe es in seiner Alten-Eck-Welt nicht mehr ausgehalten; sie schrieb, sie habe mit ihm sprechen und ihm auch etwas aufschreiben wollen, aber keine Worte dafür gefunden; sie habe sich plötzlich gefühlt wie tausend Meter unter der Erde, gottverlassen in der Stinkeküche dieser Kneipe.

Hast du gehört, Oskar? Gottverlassen! Du hast sogar deinen eigenen Sohn verlassen, hast ihn hängenlassen auf dem Ölberg. Güte wird anscheinend immer nur von unsereinem verlangt.

Wenn ich an Pilartschek denke, fällt mir der dreiundzwanzigste Juli ein, zwanzig Grad noch abends um neun Uhr auf den Straßen. Und Josef war seit drei Wochen in Hamburg unterwegs und glaubte fest daran, er würde Eva treffen. Ein erwachsener Mann, der immer noch an Wunder glaubt. Er wohnte in einer schäbigen Pension in der Nähe des Hauptbahnhofs. Ich bin nie in Hamburg gewesen, nur einmal am Hauptbahnhof, als Wilhelm und ich von Helgoland zurückkamen; da hatten wir Zeit übrig und gingen in ein italienisches Restaurant in der Nähe und bezahlten so viel Geld für so wenig Geschmack in den Nudeln. Doch ans Essen dachte Pilartschek nicht in diesen Wochen. Er lief einfach durch die große Stadt. Ohne Stadtplan und Ziel. Seine Idee war, daß der Zufall größer ist, wenn man nichts plant. Er wurde immer kindischer mit der Zeit, und wie ein Kind hat er's danach auch erzählt. Zehn Stunden am Tag lief er sich die Hacken ab und hielt die Augen offen und betrat jede Boutique, an der er vorüberkam, und einigen Verkäuferinnen zeigte er ein Photo von Eva, doch niemand kannte sie. Einmal beobachtete ihn die Polizei, und er mußte seinen Paß vorzeigen, und die Beamten fragten ihn, was er da treibe, und er sagte: Ich such meine Frau. Anfang Juli war er in Hamburg angekommen, und am dreiundzwanzigsten hatte er immer noch nicht die geringste Spur von Eva gefunden. In seiner Verzweiflung gönnte er sich eine Hafenrundfahrt, es war die letzte Tour, aber schön mit warmer Abendsonne, und sie hatten die Anlegestelle schon fast wieder erreicht, da erschrak er so sehr, daß er aufschrie und die Leute ihn anstarrten.

Nicht weit vom Wasser entfernt, an einem Kiosk oberhalb des Pontons, sah Pilartschek einen Mann stehen. Er drängte sich vor und sprang als erster an Land und lief die Treppe hinauf. Er stolperte und keuchte, und als er oben ankam, war der Kiosk leer. Er schaute sich nach allen Richtungen um, und dann sah er ihn wieder: seinen Vater aus der Ostzone, Hermann Pilartschek!

Die Leute blieben stehen und stupsten ihn an und fragten ihn, was mit ihm los sei. Er kümmerte sich nicht drum und rannte los. Vor lauter Staunen und Starren hatte er viel Zeit verloren, und nun lief er, so schnell er konnte. Besonders schnell war das nicht. Er war Wirt und kein Sportler und außerdem ein tüchtiger Raucher und Trinker, und das letzte Mal, daß er in so einem Tempo gelaufen war, das war dreißig Jahre her.

Sein Vater stieg in die S-Bahn, und Josef erwischte gerade noch den letzten Waggon. Er hustete und prustete, ich seh ihn vor mir, Oskar, wie er sich den Schweiß abwischt und keine Luft kriegt und sich hinsetzt und gleich wieder aufspringt. Auf keinen Fall durfte er die Station verpassen, an der sein Vater ausstieg. Er zweifelte keine Sekunde daran, daß dieser alte Mann sein Vater war.

Am Hauptbahnhof stieg der Alte aus, und Josef sprach ihn an: Ich bin's, dein Sohn.

Der alte Mann schaute ihn an und machte einen Schritt zurück. Sie standen auf dem Bahnsteig, der Zug fuhr weiter, die Leute gingen und kamen, und Josef wußte nicht, wohin mit seinem Schweigen. Er ging auf seinen Vater zu und schlang die Arme um ihn, und die Menschen um sie herum glotzten gerührt.

Einen Dreisprung hätt ich machen wollen, als Josef vor meiner Tür stand und mir seinen Vater vorstellte. Mit zwei Freunden war der alte Pilartschek in den siebziger Jahren aus der DDR geflüchtet, und seitdem lebte er in Hamburg. Zurückzukehren zu seiner Frau und seinem Sohn hat er sich nicht getraut.

Josef nahm mich mit, als er seinem Vater das Gasthaus zeigte, und ich spülte ein paar Gläser ab, und wir tranken zusammen, und später kam Frenzi dazu, und da saßen wir also alle wieder vereint im Alten Eck, und Hermann Pilartschek schaute seinen Sohn die ganze Zeit an und sprach fast nichts; er nahm sogar Josefs Hand und hielt sie fest, und Frenzi und ich warfen uns Blicke zu, und wir konnten soviel Glück gar nicht glauben.

Und das war auch gut so, daß wir das nicht glaubten.

Eine Woche später hatte er einen Herzinfarkt, und nach fünf Tagen im Krankenhaus war er tot.

Genau gerechnet, hatte Josef sechzehn Tage Zeit, um seinen Vater kennenzulernen. Fünf davon redete Hermann fast nichts, weil er im Krankenhaus an den Schläuchen hing, und an den restlichen Tagen sagte er nur das Nötigste, weil er meinte, sie hätten ja noch viele gemeinsame Jahre vor sich.

Sechzehn Tage, Oskar! Ich rechne es dir genau vor, damit du's begreifst. Am ersten Tag sahen sie sich am Hafen und umarmten sich auf dem Bahnsteig. Am zweiten saßen sie in Hermanns winziger Wohnung in Hamburg und rauchten, und Josef erzählte aus seinem Leben. Am dritten Tag machten sie einen Spaziergang, und Hermann erzählte kaum was aus seinem Leben, und abends gingen sie in ein vornehmes Fischrestaurant. Am vierten Tag fuhren sie mit der Bahn hierher und waren so müde, daß sie sofort schlafen gingen. Am fünften Tag kamen sie zu mir zu Besuch, und ich lud sie zum Kaffee ein, und Josef holte noch schnell einen Marmorkuchen und frische Milch bei Uludag am Kiosk, und ich küßte sie beide auf die Wangen. Am sechsten

Tag besichtigten wir das Alte Eck und tranken Cognac mit Frenzi. Am siebten gingen Josef und sein Vater auf den Friedhof, wo Vera Pilartschek liegt, und Hermann kniete vor dem Grab nieder und bat sie um Vergebung. Sie, Oskar, nicht dich, und sein Sohn mußte ihn stützen. Am achten Tag gingen sie in den Dom und zündeten eine Kerze an und beteten, und am Nachmittag zeigte Josef seinem Vater Photos von Eva. Am neunten Tag verließen sie die Wohnung nicht, weil Hermann erschöpft war, am zehnten kochte Josef in seiner Wohnung Gulasch mit Semmelknödeln, und Frenzi und ich brachten Kuchen mit, und nach dem Essen spielten wir Siebzehnund-vier. Am elften Tag fuhren Josef und sein Vater in der Gondel über den Rhein, denn es war ein strahlender Tag, und sie tranken Bier im Volksgarten und verbrachten den ganzen Tag im Freien und umarmten sich oft und weinten ein wenig. Am zwölften Tag bekam Hermann plötzlich keine Luft mehr, und Josef alarmierte den Notarzt. Am dreizehnten Tag lag Hermann reglos im weißen Krankenhausbett, und sein Sohn hielt seine Hand. Am vierzehnten Tag lag Hermann immer noch reglos im weißen Bett, und sein Sohn hielt seine Hand. Am fünfzehnten Tag flüsterte Hermann, daß er Durst habe und seine Frau gesehen habe in einem bunten langen Kleid, und sein Sohn hielt seine Hand. Am sechzehnten Tag flüsterte Hermann, daß man das Wasser vom Boden aufwischen müsse, aber da war kein Wasser, und sein Sohn hielt seine

Hand, und als Hermann gestorben war und sein Sohn immer noch seine Hand hielt, mußte sie ihm eine Schwester wegnehmen. So ungefähr.

Sechzehn Tage mitten im Sommer. Verflucht und tausendmal verflucht! Verfluchter Vater der du bist im gottverfluchten Himmel. Verflucht sei dein Name, dein Reich sei verflucht und dein Wille, im Himmel also auch auf Erden. Behalte dein verfluchtes Brot und vergib uns unsere Schuld nicht, denn deine ist noch viel größer. Du führst uns in Versuchung, und wir erlösen dich nicht, jetzt nicht und in der Stunde unseres Todes nicht!

HAST DU MICH VERSTANDEN, OSKAR?

Verzeih mir, Nandor, daß ich dich so erschreckt hab. Gleich bist auch du erlöst, kleiner starker Kater.

11

Als ich über den Boden kroch, meine Hände aufgeschürft, meine Knie blutig, Überreste von Erbrochenem auf meinen roten Sandalen, wer hat mich da erhört? Niemand. Niemand, mein treuer Begleiter. Dein Frauchen war ein ungezogenes Mädchen, Nandor, neugierig und schamlos, und betrunken! Ja, iß noch ein Stück Leber, da freut sich die Frau Klemm, iß alles auf, dann wird morgen schönes Wetter. So hungrig, unser Nandor. Komm zu mir, komm.

Hörst du mir zu, Oskar, oder machst du jetzt auf beleidigte Leberwurst? Ich bin immer noch da, und niemand schert sich einen Dreck um mich.

Danke, niemand.

Gesellschaft brauch ich keine mehr. Meine armen Töchter. Sie werden sich sorgen, Rose wird von einem hysterischen Anfall in den nächsten taumeln, und Erika wird sie trösten, und Iris, meine Iris, wird mir nicht böse sein, sie ist die Verständigste von allen und eine barmherzige Zuhörerin.

Oskar! Als ich über den Boden kroch auf der Toilette der Gaststätte *Zum Grafen,* wo hast du da gesteckt? Meine Augen brannten wie Feuer, und ich sah das Licht draußen, auf dem Flur zur Gaststube. Das Licht kam nicht herein in dieses stinkende Loch, in dem ich über den Boden kroch und mit meinen Händen den schmierigen Schmutz aufwischte.

Ich hätt schreien können vor Schmerz, aber dann wär ich verratzt gewesen. Die Männer draußen durften mich nicht bemerken. Ich zog mich an der Wand in die Höhe und japste nach Luft; genau auf die Kante der Kloschüssel war ich gefallen, und im nächsten Augenblick hatte ich das Gefühl, ich ersticke. Vielleicht, dachte ich in meiner Panik, ist eine Rippe gebrochen, oder ich würde für immer krumm bleiben und müßte bis zum Tresen kriechen und meinen Vater, der dort stand, um ein Glas Wasser anwinseln, und er würde seinen Gürtel aus der Hose ziehen und mich verprügeln vor allen seinen Freunden.

Mein Glück war, daß die Garderobe, an der die Mäntel und Jacken hingen, den Blick zu den Toiletten verdeckte, so daß die Männer am Tresen mich nicht sehen konnten. Ich weiß noch genau, daß ich meinen Vater brüllen hörte: So was gehört in Deutschland verboten!, und auch seine Freunde waren alle dagegen, daß Josephine Baker halbnackt in Berlin auftrat und die Leute scharenweise zu ihr hinströmten. Scheißnegermusik! brüllte mein Vater. Eine Weile her hatte meine Mutter ihn gefragt, ob er Lust hätte, zu einem Nachmittagstee mitzugehen, wo Charleston gespielt wurde, die tolle neue Erfindung. Da schlug ihr mein Vater so heftig ins Gesicht, daß sie hinfiel und sich den Rücken stauchte und vier Tage im Bett bleiben mußte. Mein Vater sprach kein Wort mehr mit ihr, und er brachte ihr kein Essen und Trinken ans Bett, das mußte alles ich besorgen, und dafür brauchte ich nicht in die Schule zu gehen.

Bis zum Schluß hab ich mich immer nur vor ihm gefürchtet. Ist das nicht gottergeben? Die brave Tochter bekommt den Angstorden am Bande Erster Klasse, Oskar. Wer sich fürchtet, der tut recht daran.

Auch vor seinem Lachen hab ich mich gefürchtet, es sah aus, als würde er einen jeden Moment auffressen, und zuallererst mich. Seine braunen Hosen waren speckig und seine Haare fettig, und ich dachte hinter der rettenden Garderobe, er sieht genauso aus wie ich, genauso schmutzig. Wenn er mich jetzt bemerkt, muß ich sofort losrennen, und zwar bis ans Ende der Welt. Ich wollte nicht wieder in den Keller gesperrt werden wie vor einigen Monaten, als ich das weiße Kleid anhatte und mich ein zotteliger Hund ansprang und überall Flecken auf mein Kleid machte. Der Hund wollte mit mir spielen. Doch mein Vater riß mir das Kleid vom Leib und schlug im Kohlenkeller so lange auf mich ein, bis die Nachbarin, Frau Fährmann, an die Tür klopfte und drohte, die Polizei zu holen. Auf allen vieren bin ich dann die Kellertreppe hinaufgekrochen und hab meine Mutter gesucht, aber die hatte sich im Schlafzimmer eingeschlossen, und ich kroch allein in mein Bett und rief wieder meine Freunde, und die kamen dann alle und blieben bei mir, bis die Schmerzen weniger wurden. Wenn ich beim Spazierengehen mit meinen geputzten Schuhen Steine durch die Gegend kickte, gab mir meine Mutter eine Ohrfeige, und ich dachte, vielleicht wollte sie nur meinem Vater zuvorkommen, so daß er später keinen Grund mehr hat, mich noch schlimmer zu bestrafen.

In Demut und gerecht bestraft, so bin ich groß geworden und fünfundachtzig Jahre alt und Mutter von vier Kindern. Zufrieden, Oskar? Einer muß zufrieden sein, sonst war alles umsonst.

Hier bin ich, die Demutslilie samt ihrer undemütigen Katzen. Seht her, ihr da in der Straßenbahn und du in deinem großen Auto! Hier bin ich! Die leibhaftige Demut!

Ich geb mir selber Feuer, daß du's weißt, Oskar! Eine Zigarette ist manchmal die Rettung. Hab keine Angst vor dem Feuer, Nandor, ich beschütze dich.

Hör zu, Oskar, ich sing dir ein Lied vor, das ich damals erfunden hab nach der Kohlenkellerprügel: *Wer vergißt den Mann, der so furchtbar prügeln kann, wer vergißt den Mann, mit dem die Angst begann, wer vergißt den Mann, ich nicht, ich nicht.*

Jedenfalls, mein Nandor klein hat zugehört, komm her zu mir, dafür bekommst du jetzt einen Kuß auf die Stirn. Wie du zitterst! Weinst du? Katzen können doch gar nicht weinen! Du warst schon immer der raffinierteste Schauspieler von allen.

Hast du gesehen, Oskar? Er hat einen Purzelbaum geschlagen, der begabte Kater. Jetzt ist er auf dem Weg ins Leberparadies. Ich schick ihm einen Kuß, den blas ich von zwei Fingern übern Fluß.

Wer bist du denn, junger Mann? Hau bloß ab! Verschwinde! Willst du mich erschießen? Laß mich bloß in Frieden, und nimm die Pistole weg, wir sind hier nicht im Wilden Westen!

12

Wie heißt du? Mirko? Bist du aus Jugoslawien? Entschuldigung, aus Kroatien. Ein Kroate, der spricht wie ein waschechter Rheinländer. Willst du eine Zigarette? Hier. Ich geb dir auch Feuer. Das ist ein Windfeuerzeug. Paß auf deine schönen schwarzen Locken auf! Nicht, daß die noch Feuer fangen. Du solltest mal wieder zum Friseur gehen.

Verschluck dich nicht. Ja, wenn man das Rauchen nicht gewöhnt ist, muß man husten.

Und was ist da in deiner Tasche drin? Du bist Torwart? Zeig mal die Handschuhe, ich nehm sie dir schon nicht weg, ich will sie mir bloß mal ansehen. Glaubst du, ich beklau dich? Lernt ihr so was in der Schule? Daß die alten Leute euch beklauen wollen?

Dann hau ab, wenn ich dir auf den Wecker geh! Ich hab dich schließlich nicht gerufen! Du bist von selber angeschissen gekommen. Entschuldigung.

Donnerwetter, richtige Torwarthandschuhe. Wie die von Gordon Banks. Du kennst den Gordon Banks nicht? Das war ein Engländer, gegen den haben die Deutschen verloren.

Kannst du nicht endlich die Pistole wegnehmen? Wieso läufst du mit einer Waffe durch die Gegend, wir sind hier nicht im Kino. Danke.

Kannst du mit dem Ding überhaupt umgehen?

Siehst du, sie passen mir, deine Torwarthandschuhe, du kriegst sie ja gleich wieder. Mir ist kalt. Jetzt wird's mir wärmer. Wenn die Hände mal warm sind, dann wird alles andere auch warm.

Das ist jetzt aber eine Verschwendung, die halbe Zigarette wegzuwerfen! Darfst du überhaupt schon rauchen?

Nein, das ist kein Verhör, wenn du nicht mit mir reden willst, dann hau ab!

Fünfzehn bist du. Gut. Ich bin fünfundachtzig. Hättst du nicht gedacht, was?

Hast du eine Freundin, Mirko?

Sonja. Das gefällt mir. Sonja.

Bitte, ich möchte die Handschuhe noch eine Weile anbehalten. Ziemlich frisch hier. Du bist der erste, der heut abend ein Wort zu mir gesagt hat. Alle anderen sind vorbeigegangen oder vorbeigefahren und haben geglotzt und vielleicht gedacht, was macht die Alte denn da im Nebel. Ist doch nicht verboten, am ersten November im Nebel auf der Brücke zu stehen, oder? Hab keine Angst, deine Handschuhe riechen nicht gleich nach Rauch. Aber nach mir, denkst du, stimmt's? Warte, geh mal einen Schritt weg, nur einen, mach schon! Ja. Und jetzt bleib stehen. Dreh dich um. Du kannst einer alten Schachtel wie mir ruhig noch einen Wunsch erfüllen, das kostet dich nichts. Dreh dich um. Ich klau dir deine Torwarthandschuhe schon nicht! Ja, bleib so stehen.

Oskar, hörst du mich? Warum hast du diesen Jungen hierhergeschickt? So ein Rotzlöffel, der nicht mal rauchen kann und mit meinen Zigaretten um sich wirft! Schick ihn wieder weg! Ich will, daß er geht. Ich will jetzt allein sein, darauf hab ich ein Recht, so war das vereinbart. Ich hab keinen fünfzehnjährigen Torwart bestellt. Ich brauch ihn nicht! Außerdem hat er eine Pistole, und wenn er so schlecht schießt, wie er raucht, dann fühl ich mich bedroht. Oskar! Sag ihm, er soll zu seiner Sonja, die fühlt sich nicht gut, die kommt um vor Sehnsucht, irgendwas wird dir schon einfallen, das wär das erste Mal, daß du um eine Lüge verlegen wärst.

Mit wem ich da rede? Erstens geht dich das nichts an, Mirko, und zweitens sagt man »bitte«, wenn man etwas wissen will.

Ich spreche mit Oskar. Den kennst du nicht, das ist einer vom Stammtisch.

Aber dich hab ich schon mal gesehen, am Kiosk von Uludag. Natürlich kenn ich Uludag, ich wohn doch da, in der Meyerstraße.

Setz dich bitte nicht aufs Geländer, da wird einem ja vom Hinschauen schon schwindelig. Komm da runter! Und nimm die Füße von meinem Korb. Was da drin ist? Katzen waren da drin. Wenn du's genau wissen willst: Die sind weggeflogen. Bitte, komm da runter.

Noch eine Zigarette? Hier, soll ich vielleicht extra aufstehen wegen dir? Feuer auch? Tolles Feuerzeug, was? Stammt noch von meinem Mann, er hat es aus dem Krieg mitgebracht. Du kannst ruhig husten, wenn du mußt. Vor mir brauchst du dich nicht zu verstellen, Mirko.

Du kannst ja sogar kichern, ich hab's genau gehört.

Ja wirklich: die Katzen sind weggeflogen. Die letzte war Nandor. Nandor ist ein Vorname, und zwar von Hidegkuti. Weißt du, wer das ist?

Hidegkuti war einer der größten Fußballer Europas. Entschuldigung, also von mir aus, wenn du drauf bestehst, dann heißt es eben Fußballspieler. Also Nandor Hidegkuti war einer der größten Fußballspieler Europas. Ich hab gleich zwei Katzen nach ihm benannt.

Meine anderen beiden Katzen hießen Puskas und Buza. Buza heißt eigentlich Buzansky, aber den langen Namen konnte sich mein kleiner Kater unmöglich merken, also hab ich ihn Buza getauft. Buza und Puskas waren auch Fußballspieler, aus Ungarn. Du sagst es: das waren die, die gegen die Deutschen verloren haben, aber sie waren trotzdem die besten, und sie sind es bis heute geblieben, ich schwör's dir, Mirko.

Nein, ich hab nichts gegen die Deutschen. Ich bin ja selber eine. Was bist du? Ein Elferkiller? Welche Elfer killst du denn? Ich hab schon verstanden. Ich dachte nur, wegen der Pistole ... Jetzt denkst du, ich bin bescheuert, oder: behämmert. Hältst du mich für behämmert? Da staunst du, daß ich dieses Wort kenn, aber ich leb nicht hinterm Mond. Ich leb sogar im Sonnenfels. Hoffentlich landest du da nie. Das wünsch ich dir.

Also, du als Elferkiller, du mußt es doch wissen: Wer hat das Vier-zwei-vier-System erfunden?

Nein, das ist kein Quiz. Wir unterhalten uns, oder nicht? Du hättest auch weitergehen können wie die andern. Aber du bist stehengeblieben und hast mich mit deiner Pistole erschreckt. Ja, das ist eine gefährliche Stadt, man weiß nie, wem man im Dunkeln begegnet. Das ist schlau von dir, eine Pistole dabeizuhaben.

Die Brasilianer, sagst du. Leider falsch. Hidegkuti hat das Vier-zwei-vier-System erfunden! Genau, der schon wieder. Er war nämlich nicht nur ein normaler Mittelstürmer, er war ein hängender Mittelstürmer.

Woher ich das weiß? Warum darf ich das nicht wissen? Weil ich eine Frau bin? Weil ich eine alte Frau bin? Ich war im Krieg, und Wilhelm, mein Mann, ist aus dem Krieg zurückgekehrt und hat nur noch mit den Fischen gesprochen, aber im nachhinein haben die Deutschen den Krieg dann doch noch gewonnen, weil sie nämlich Weltmeister geworden sind und schon wieder die Größten waren. Weißt du überhaupt, in welcher Mannschaft Nandor Hidegkuti gespielt hat?

Richtig geraten! Er war der Mittelpunkt, in der Abwehr genauso wie im Sturm, und 1953, da warst du noch in Abrahams Wurstkessel, da haben die Ungarn die Engländer in England 6 : 3 geschlagen, und das war das erste Mal, daß die Engländer zu Hause verloren haben.

Das ist die Wahrheit, Mirko. Und Hidegkuti ist was Unglaubliches geglückt, nämlich ein Hattrick.

Und von ihm haben die Brasilianer das Vierzwei-vier-System abgeguckt und es als ihr eigenes System verkauft. Was sagst du dazu? In der Schweiz vierundfünfzig haben die Deutschen nur deswegen gewonnen, weil der Rahn so viel Dusel hatte, wie auf keine Kuhhaut geht.

Einer wie Puskas hat mit seinem linken Fuß mehr Gegner ausgedribbelt, als so ein Rahn oder ein Morlock sich je haben träumen lassen, das schwör ich dir. Die Ungarn hatten die beste Fußballmannschaft der Welt, darauf kannst du einen lassen. Die brauchten die Weltmeisterschaft gar nicht zu gewinnen, die waren einfach Weltmeister. Jetzt bist du platt. Kannst den Mund ruhig wieder zumachen. Auf dieser Brücke lernst du was fürs Leben, Herr Torwart.

Warum ich die deutschen Fußballer nicht mag? Zu verbissen. Nicht die Spur von Leichtigkeit. Wie zum Beispiel Puskas.

Den kennst du auch nicht?

Puskas ist einer der Unsterblichen des Fußballs, merk dir das! Schon mit siebzehn war er in der Nationalmannschaft, und am Ende waren es zweiundachtzig Länderspiele. Und ein begnadeter Linksfüßler, er und Hidegkuti wirbelten über den Platz, da wären dir die Augen aus dem Kopf gefallen, mein Junge.

Anfang der fünfziger Jahre haben sie praktisch kein Spiel verloren, nur dieses eine, gegen die Herbergerdeutschen in der Schweiz vierundfünfzig.

Die Herbergerdeutschen hab ich gehaßt, das

kann ich dir sagen, das war doch kein Fußball, was die gespielt haben, das war Kadavergehorsam für den Herbergerführer! Der hat Deutschland wieder groß gemacht, und alles war wie früher.

Und stell dir vor: Nach dem Spiel in Bern hat der Puskas glatt behauptet, die Herbergerdeutschen wären gedopt gewesen! Sie hätten Aufputschmittel genommen. Was hab ich da gelacht, als ich das im Radio gehört hab! Puskas hat das einem französischen Journalisten erzählt, und die deutschen Zeitungen haben das natürlich auch gebracht. Und dann haben sie den Herbergerführer im Radio gefragt, ob das stimmt, daß die Deutschen gedopt gewesen sind, und er hat wütend nein gesagt.

Die Deutschen putschen sich doch nicht auf! Ein Aufruhr war das! Und in den Nachrichten wurden die Rahns und Morlocks nach ihrer Meinung gefragt, und die haben natürlich gesagt, Puskas war betrunken, als er das behauptet hat, sie würden nie im Leben Aufputschmittel nehmen, das sei ja verboten und außerdem ganz ungesund.

Ich muß mal aufstehen, mir die Beine vertreten. Hilf mir bitte. Du kannst dich setzen, wenn du möchtest. Der Stuhl ist sehr bequem. Probier's aus. Ich lehn mich ans Geländer. Herrgott noch mal, die Beine sind eingeschlafen, Oskar, mehr Durchblutung bitte!

Schau mich nicht so an. Was ich hier mache bei diesem Sauwetter, auf der Brücke? Ich lehn mich ans Geländer, ich setz mich auf meinen Stuhl, je nachdem. Ist doch nicht verboten, oder? Man wird wohl mal in Ruhe draußen in der frischen Luft eine Zigarette rauchen dürfen, oder zwei.

Was ist das denn? Uludag! Ich weiß nicht, ob das gut ist, wenn ich jetzt was trinke. Die Brause ist bestimmt ziemlich kalt. Daß die Türken so was trinken können! Pappsüß. Machst du jetzt eine Dose für mich auf? Das ist sehr freundlich von dir, Mirko, aber ich trau mich nicht, das kalte Zeug zu trinken.

Du hast recht. Prost. Das gibt keinen schönen Klang, wenn man mit zwei Dosen anstößt. Egal.

Kind Gottes, hast du aber einen Zug am Leib! Ich trink lieber langsam. Jedenfalls, der Puskas hat sich später tausendmal dafür entschuldigt, daß er die Herbergerdeutschen beleidigt hat, aber mit so vielen Verbeugungen, das wär wirklich nicht nötig gewesen, diese Entschuldigung.

Und dann kam der ungarische Aufstand gegen die Kommunisten. Und genau zu der Zeit war die Fußballmannschaft in Spanien. Und als die Kommunisten gesiegt hatten, sollten Puskas und seine Leute zurück nach Hause, aber er wollte nicht. Seine Frau und seine Tochter waren nach Wien geflüchtet, und Puskas liebte seine Familie mehr als seine Kommunistenheimat. Also fuhr er nicht zurück. Blöderweise durfte er nicht mehr spielen, weil ihm das irgendwelche Herren verboten hatten wegen der Dopinggeschichte. Sie haben ihn einfach kaltgestellt. Er war einunddreißig und hatte Übergewicht. Das ist ungünstig für einen Ballkünstler. Doch dann ist ein Wunder geschehen, das Wunder von Madrid.

Real Madrid. Ja, und die haben ihm einen Vertrag angeboten. Und eine halbe Million Mark bar auf die Hand! Als Starthilfe. Das haben die Spanier für unseren Puskas getan. Und er hungerte sich die Pfunde runter und fing wieder an, Fußball zu spielen, und er spielte, wie die Menschen dort noch keinen spielen sahen. Er zauberte, die Stadien waren voll, und er wurde Torschützenkönig, die Torhüter verzweifelten an ihm, das kann ich dir sagen, Mirko, die schauten ganz schön beschissen aus der Wäsche, wenn sie gegen ihn antreten mußten. Viermal ist er Torschützenkönig geworden.

Seinen größten Triumph feierte er 1960 in Schottland, da spielte er mit Real Madrid im Endspiel um den Europapokal der Landesmeister. Gegen wen? Gegen Eintracht Frankfurt. Gleich vier Tore hat er geschossen. 7 : 3 haben die Spanier gewonnen, und weißt du, wie seine Fans ihn nannten? Pancho Puskas.

Pancho Puskas.

Wenn er auf den Platz lief, standen die Leute von den Rängen auf und klatschten minutenlang Beifall. So war das, mein Junge.

Der Stuhl ist ziemlich bequem, hab ich recht? Vom Sperrmüll, aber tipptopp. Ein Regiestuhl. Vielleicht wirst du mal ein berühmter Filmregisseur, weil du heute auf dem berühmten Stuhl der Lilie Stummvoll gesessen hast.

So heiß ich. Lilie Stummvoll. Kannst Lili zu mir sagen, und das Sie, das braucht's wirklich nicht. Du darfst du sagen. Eigentlich müßten wir jetzt mit was anstoßen, aber mein Uludag ist alle. Gilt auch so, oder? Wir heißt du mit Familiennamen? Kiš. Das ist kürzer als Stummvoll. Mirko Kiš.

Später wurde Pancho Puskas Trainer. Doch vorher mußte er noch eine Umarmung des Herbergerführers über sich ergehen lassen. Auf dem Frankfurter Flughafen war das, da haben sie sich getroffen, überall Journalisten und Kameraleute, und der Herbergerführer ging auf Puskas zu und schlang die Arme um ihn und vergab ihm gnädig seine Behauptung. Das hab ich mit eigenen Augen im Fernsehen gesehen. Beinah hätt ich gekotzt. Puskas lächelte in die Kameras, und ich winkte ihm zu. Ich stand vor dem Fernseher und winkte. Erzähl das bloß keinem! Ich sag's nur dir.

Jetzt muß ich mich wieder hinsetzen. Danke, geht schon. Du hast genau die richtige Größe für einen Torwart. Genau richtig für die Bälle ins Eck.

Was schaust du mich so an? Lang bleib ich nicht mehr. Die Handschuhe kriegst du gleich wieder. Noch einen Augenblick, dann sind die Hände warm. Ich hab viel zu oft kalte Hände gehabt, vom Gläserspülen und vom Bier. Von all der Arbeit hab ich meinem Wilhelm nichts mitgebracht außer kalte Hände und Rauch und Gestank. Rauch und Gestank. Den Gestank von alten Männern und alten Frauen, die mit mir alt geworden sind im Alten Eck.

Ich kam immer spät nach Hause, und Wilhelm hat auf mich gewartet. Er schlief nicht wie seine Fische. Er lag im Bett und war leise. Ich zog meine Sachen aus und hängte sie zum Auslüften ans Fenster unserer Kaltenküche, dann hab ich mich gewaschen, damit das Fett weggeht und der Senf, der überall klebt, und der ekelhafte Geruch. Ich schrubb und schrubb, weil ich nicht möchte, daß Wilhelm mich als eine Zumutung empfindet in der Nacht, und dann kriech ich zu ihm.

Und jedesmal, all die Jahre hindurch, hab ich gedacht: So bleiben jetzt! Nicht bewegen! hab ich gesagt ganz leise, nicht bewegen! Von den Zehen rauf wurde es mir langsam warm, bis in den Nacken. Nicht bewegen! hab ich ihm zugeflüstert, und er hatte Geduld. Er mußte immer meinen Schlechte-Luft-Atem aushalten, ich hatte die ganze schlechte Luft im Leib vom Alten Eck, und so einen Atem kannst du nicht wegwaschen, den kannst du auch mit größter Anstrengung nicht abschrubben, mit der härtesten Bürste schaffst du das nicht. Und jedesmal, all die Jahre, hab ich gedacht: Noch nicht einschlafen! Schlaf bitte noch nicht ein, Lilie! Bitte! Du mußt jetzt den Moment auskosten, die Wärme, das Zusammensein.

Doch es klappte nicht. Die Augen waren zu müde. Sie spielten einfach nicht mit nach so einem Tag.

Und wenn ich dann eine Stunde später wieder aufgewacht bin, schlief Wilhelm neben mir, die Hände auf seinem Bauch gefaltet. Den ganzen Abend hat er auf mich gewartet, aber dann konnte auch er nicht mehr, er ist eingeschlafen neben mir, und es war nicht seine Schuld.

Ganz vorsichtig hab ich mich an ihn geschmiegt und konnte zwei Stunden oder länger nicht einschlafen. Vielleicht hätt ich ihm sagen sollen, er muß mich fest in den Arm nehmen und schütteln, oder mir eine Geschichte erzählen, irgendeine Geschichte, die er tagsüber seinen Fischen erzählt hat, irgend etwas, Hauptsache, ich schlaf nicht ein. Ich weiß, daß er wach war und auf mich gewartet hat, und wenn ich die eine Stunde durchgehalten hätte, wär es uns gut gegangen miteinander, und wir wären zusammen eingeschlafen. Mein Gott, Mirko, was erzähl ich dir da. Was?

Schick ihn doch endlich weg, Oskar! Laß ihn gehen! Der Junge ist auf dem Heimweg, und bestimmt will er noch mit seiner Sonja telefonieren, und du hältst ihn hier fest.

Warum haben wir uns eigentlich nicht an Uludags Kiosk kennengelernt? Gut, ich war beschäftigt, du warst beschäftigt, verstehe, immer in Eile. Einmal in meinem Leben hab ich Zeit gehabt und keine Eile, das war auf Helgoland. Kennst du Helgoland? Mit dem Zug bis Cuxhafen, und dann mit der Fähre übers Meer. Übernachtung zwanzig Mark das Zimmer, das war auch damals fast geschenkt. Jemand aus dem

Alten Eck hat so lang Rote Insel hin und Rote Insel her geschwärmt, bis mir das dauernde Schwärmen auf den Wecker ging. Ich hab meinen Wilhelm genommen, hab ihm gesagt, übermorgen geht's los, und hab die Koffer gepackt, und er ist aus dem Staunen nicht mehr herausgekommen, er dachte, ich mach einen Witz.

Jeden Morgen machten wir unseren Spaziergang zu den Klippen, hatten alle Zeit der Welt und schauten den Lummen zu und den Möwen. Die Lummen können unter Wasser fliegen. Beinah wie die Pinguine. Und nachmittags hielten wir Siesta, Wilhelm hat aus einer Broschüre vorgelesen, und ich hörte ihm zu, aber ich hab alles vergessen. Irgendwann haben die Deutschen Helgoland gegen Sansibar getauscht, was will man da sagen? Am Abend saßen wir in der *Seerose.* Wir wollten's uns mal richtig gutgehen lassen.

In der *Seerose* lernten wir einen echten Seemann kennen, er rauchte Zigaretten mit Menthol, genauso wie Wilhelm, und die beiden Männer tranken Schnaps zusammen, und eines Nachts sang uns der Seemann, der Fiede hieß, Seemannslieder vor, und Wilhelm nahm mich in den Arm und tanzte mit mir durchs Lokal. Bloß gut, daß wir weit weg von zu Hause waren. Ja, und dann stellte er sich hin und nahm Fiedes Ziehharmonika und fing selber an zu singen, und ich hab gedacht, ich sitz in einem Traum. Wilhelm hat nie gesungen, und er hat mir nie gesagt, daß er jemals gesungen hätte. Nichts, kein Ton. Und plötzlich, mit viel Schnaps und Hering im Leib, auf der Roten Insel Helgoland, stellt er sich mitten in die Kneipe und singt und sagt auch noch, das Lied ist seiner lieben Frau Lili gewidmet. Das Lied war auch so eine Kamelle, aber wunderschön, und handelte von einem finsteren Mann, der nie eine Frau abkriegt, weil er immer so finster dreinschaut, aber am Ende kriegt er doch eine, und von da an leuchtet sein Gesicht wie ein Lampion. Ich saß bloß da und hab zugehört, und alle haben mich angeschaut und mir zugezwinkert, und ich hab seine Stimme gehört, wie er sagt, das Lied ist für meine liebe Frau Lili, und er hat Ziehharmonika gespielt, es waren nur ein paar Akkorde, aber sein Gesang war mindestens Caruso. Ich hab gezittert, und als der Wirt mir einen neuen Schnaps brachte, hab ich die Hälfte verschüttet, weil ich so aufgeregt war, und da hat er mir gleich noch einen nachgeschenkt. Die Gäste in der *Seerose* haben mächtig applaudiert, und ich, wirklich wahr, hab dagesessen und mich nicht gerührt, und Wilhelm hat sich mir gegenüber hingesetzt wie vorher und sein Bierglas gehoben und mir zugeprostet. Und da haben wir uns in die Augen gesehen, und wegen diesem Blick gehen meine Augen bis zum heutigen Tage gut. Immer wenn ich ihn später gefragt hab, ob er nicht mal wieder ein Lied für mich singt, hat er mich merkwürdig angesehen, mein Caruso.

Laß uns noch eine rauchen, Mirko, komm, wir teilen uns die letzte Zigarette.

13

Die Salemohne schmeckt, stimmt's? Nach einer Weile gewöhnt man sich an den Geschmack, und Filterlose sind sowieso besser. Heutzutage wollen die Leute beim Rauchen gesund bleiben, ist das nicht krank?

Zeig mir noch mal deine Pistole. Und das ist wirklich kein Spielzeug? Möcht mal wissen, wo du die herhast. Ziemlich handlich. Geladen? Und das ist das Magazin, wieviel Schuß? Fünf. Und da oben muß man ziehen, damit man abdrücken kann. Schlitten heißt das? Und wen willst du erschießen? Verstehe. Reine Selbstverteidigung.

Was ist denn da vorne auf der Brücke los? Ein Polizeiauto! Warte, ich behalt die Pistole, ich paß auf uns beide auf. Wir kümmern uns nicht um dic Polizisten. Die gehen uns gar nichts an. Aber wenn sie näher kommen, halt ich die Pistole hoch und ziel auf dich, aber ich drück nicht ab, das versprach ich dir. Ich will nur nicht, daß sie uns stören. Gut? Gut.

Halt ich die Pistole so richtig? Das Ding ist gar nicht so leicht, wie es auf den ersten Blick aussieht.

Gehen Sie weg! Sieh dir diese Tüte an, Mirko, ein Megaphon. Jetzt fängt er auch noch an, hier herumzuschreien, während wir uns unterhalten. Was ist? Fischer ist Ihr Name? Na und? Hauptkommissar. Das beeindruckt uns nicht, Mirko, hab ich recht? Ich bitte um Ruhe, Herr Kommissar. Hören Sie, wenn Sie näher kommen, knall ich den Jungen ab!

Sag mal, wie funktioniert diese Pistole eigentlich? Einverstanden, erklär's mir ein andermal. Hab keine Angst. Versprochen ist versprochen.

Das geht Sie nichts an, was ich hier tue, ich erlaube Ihnen nicht, sich in meine Angelegenheiten einzumischen. Gehen Sie einfach dahin zurück, wo Sie hergekommen sind. Das ist mir egal, ob meine Töchter Sie alarmiert haben. Sie sind Chef der Vermißtenstelle der Kriminalpolizei? Da hätt ich eine Frage: Können Sie herausfinden, wo sich Viktor Hundhaber aufhält? Ich buchstabiere: H-u-n-d ... Unterbrechen Sie mich nicht! Es ist wichtig, daß Sie diesen Mann finden. H-u-n-d-h-a-b-e-r. Er ist der Mann von Mitzi Hundhaber, die Ihnen vielleicht unter dem Spitznamen Miß Gekleidet ein Begriff ist. Viktor ist nicht vorbestraft, da bin ich sicher.

Das werden ja immer mehr Polizeiautos! Und warum kommen keine normalen Autos mehr vorbei, und keine Straßenbahnen? Du meinst, sie haben alles abgesperrt? Ich fürchte, da hast du recht, Mirko. Meine Töchter? Was ist los mit meinen Töchtern, Herr Fischer? Wer will mich sprechen? Doktor Nemez? Ich bitte Sie, Herr Fischer, dieser Mann hat mir gerade noch gefehlt! Schicken Sie ihn weg! Weg mit ihm! Und rühren Sie diesen Jungen hier nicht an. Er ist mein Freund. Und ein ausgemachter Elferkiller.

Was? Gehen Sie zurück, weg hier, Herr Fischer! Sonst drück ich ab, ich schieß dem Jungen in den Kopf, und dann Ihnen!

Was ist das für ein Ding, das er da auf den Boden gelegt hat? Nimm du es, Mirko, ich kann mich nicht bücken.

Was, um Himmels willen, ist ein Handy? Ein Telefon ohne Schnur. Aha. Ich hab ihn eingeschüchtert, hast du gesehen, Mirko? Du hast prima mitgespielt, es hat ausgesehen, als würdest du gleich in die Hose machen. Aber ich weiß ja, daß du keine Angst hast.

Hallo? Wo spricht man denn da rein? Da? Hallo? Wer spricht? Tolle Erfindung. Keine Schnur, und man kann trotzdem sprechen. Hat mir der Kommissar das Telefon geschenkt? Was glaubt er, von wo aus ich ihn später anrufen werde?

Hallo? Doktor Nemez? Nein, ich bin gesund, die Höhenluft tut mir gut. Nein, keine Magenbeschwerden. Was Sie vielleicht noch wissen sollten, weil Sie doch mein Hausarzt sind, hören Sie mich? Hallo?

Jetzt hat's ihm die Sprache verschlagen.

Doktor? Ich war vierundzwanzig Jahre alt, und ich stand hinter einem Mann in der Schlange, und auf einmal wurde es mir heiß und heißer, und ich hab einen Schrei ausgestoßen und bin nach Hause gelaufen und war vollkommen beglückt. Was sagen Sie als Arzt dazu?

Er schweigt. Doktor Nemez? Ehrlich gesagt,

ich weiß nicht, ob es der Hintern des Mannes war oder sein Geruch, ich weiß es nicht. Jedenfalls hat's funktioniert. Übrigens hatte ich damals schon mein erstes Kind zur Welt gebracht. Und jetzt lassen Sie mich bitte in Frieden, danke.

Willst du mit ihm sprechen, Mirko?

Was ist? Herr Fischer! Der wieder. Was ist mit meinem Sohn? Er ist verunglückt, das wissen Sie doch, meine Töchter werden es Ihnen erzählt haben. Seit heute morgen unter der Erde. Was soll ich? Ihnen eine Geschichte erzählen? Nein, keine Lust, Herr Kommissar. Eine Frage hätt ich noch: Wissen Sie, wie Maggi gemacht wird?

Gottverflucht, was ist das für ein grelles Licht? Wo kommt das auf einmal her? Herr Fischer! Was? Halogenscheinwerfer? Extra wegen mir? Wozu denn? Machen Sie die aus! Ausmachen! sag ich.

Es ist gar kein Nebel mehr da vor lauter Licht.

Verfluchtes Telefon! Ich möchte, daß Sie die Scheinwerfer ausmachen! Bitte. Immer noch zu hell. Sie wollen mir weismachen, Sie hätten einen Scheinwerfer ausgestellt? Glaub ich nicht!

Jetzt kommen auch noch zwei Krankenwagen, und die Feuerwehr, sieh dir das an! Und Photographen. Tut mir leid, Mirko, jetzt wissen alle, wo du dich die halbe Nacht herumgetrieben hast.

Wer spricht da? Iris! Ja, ich bin weggegangen, ohne euch Bescheid zu sagen, aber was hätt ich sagen sollen? Ja, ich bin bei dir, aber ich kann nicht zu dir kommen, bitte bleib, wo du bist. Von allen meinen Kindern hast du mich immer am besten verstanden und mich in den letzten Jahren am wenigsten wie ein Kleinkind behandelt. Dafür und für alles, was du mir Gutes getan hast, würde ich dich umarmen, wenn die Entfernung zwischen uns nicht so groß wäre. Mach dir keine Sorgen jetzt. Laß gut sein. Wenn du nicht heiraten willst, in Ordnung, egal, was deine Schwestern sagen. Meinen Segen hast du. Komm nicht näher, Iris, ich hab eine Pistole, und ich schieß auf den Jungen, ich würde es tun, wenn du nicht machst, worum ich dich bitte.

Hab keine Angst, Mirko, ich tu dir wirklich nichts. Komm her. Komm, hilf mir aufstehen, ich muß mal wieder stehen. Vorsichtig, nicht so heftig, ja, stell dich ans Geländer. Kann das Ding eigentlich von selber losgehen? Da bin ich aber froh! Was? Ach so, es ist eine Gaspistole, da bin ich aber beruhigt. Du hast mich ganz schön auf den Arm genommen.

Hallo? Erika! Was soll ich dir sagen? Die Katzen sind in Sicherheit, um die brauchst du dich nicht zu kümmern. Und das Zimmer war sowieso zu teuer, sündteuer, soviel Geld, und nichts als lauter Senile! Haus Sonnenfels! Schon der Name ist eine Frechheit. Hast du Herrn Geißler kennengelernt, den behämmerten Seemann? Natürlich hast du ihn kennengelernt. Er wohnt ja gleich nebenan, neben meiner Kemenate. Und Kiki von Fallersleben, die jeden Morgen in einem grünen Trainingsanzug ums Haus rennt wie ein besoffenes Huhn. Und Herrn Kümmel, der mit mir den ganzen Tag Tippkick spielen will, aber keine Ahnung von Fußball hat. Daß ihr mich in dieses Irrenhaus gesteckt habt! Sei still, Erika, alles in Ordnung. Ich denk an dich, und an Samuel, der sich um dich gesorgt hat, und ich denke auch an Niko, das weißt du. Ich denke an euch alle, wohin ich auch geh. Das Geld, das du haben wolltest für die nächsten Tage, liegt in meiner Schatulle, im Nachtkästchen ganz unten, falls nicht einer der Irren alles geklaut hat! Dann mußt du der Tross die Hölle heiß machen, und zwar so lange, bis sie die Penunze wieder rausrückt. Versprochen? Ich winke dir im Herzen. Gut.

Rose, du bist es! Was ist? Sprich leise, meine Liebe, schrei nicht so, ich versteh kein Wort. Was? Nein, ich hatte wirklich keine Lust mehr, im Gasthaus zu sitzen. Einmal muß Schluß sein, jetzt schrei doch nicht so in der Gegend rum! Der Feind hört mit. Bitte beruhige dich, ich bin nicht übergeschnappt, ganz und gar nicht, ich bin vollkommen nüchtern und klar im Kopf. Nein, ich komme nicht zu dir, ich bleibe hier, und es wär mir lieber, du würdest jetzt aufhören, die ganze Stadt zusammenzubrüllen. Was sollen denn die Leute denken, wie's in unserer Familie zugeht! Bitte, Rose, ich hab dich immer bewundert für deine Disziplin und die Art, wie du mit deinem Mann umgehst, aber bitte hör auf, mir dauernd Vorwürfe zu machen und mit mir umzuspringen wie mit einem störrischen Esel! Nein, niemand gibt dir eine Schuld, ich bestimmt nicht, und zu verantworten hast du gar nichts, Rose, begreif das doch. Bitte, sei jetzt einfach still und gib mir Herrn Fischer. Bitte. Danke.

Hallo? Herr Fischer? Meine Tochter Rose ist sehr aufgeregt, sie will immer alles unter Kontrolle haben, und wenn's nicht so klappt, wie sie möchte, wird sie schon mal lauter. Sind Sie verheiratet, Herr Fischer? Was soll das heißen, Ihre Frau ist verschollen? In den Bergen? Nicht gefunden? Jesus Maria, Oskar! Aber Sie arbeiten doch in der Vermißtenstelle der Kriminalpolizei, da müssen Sie doch Ihre eigene Frau finden! Waren Sie nie im Alten Eck? In der Meyerstraße, das Gasthaus hieß früher Bierstube Glück. Das Ehepaar Glück führte die Kneipe, die Speisenkarte war klein, und Getränke gab's auch keine hundert. Aber Kölsch und Schnaps und ein paar Extras müssen genügen, was meinen Sie? Haben Sie schon mal Kalten Gustav getrunken? Da brauchen Sie einen stabilen Organismus. Sie dürfen wahrscheinlich nichts trinken als Beamter.

Nein, ich bleib hier, Sie können mich nicht überlisten. Ich bin bewaffnet, und ich werde schießen. Und machen Sie endlich dieses Licht aus!

Was sind das für vermummte Gestalten hinter dem Blaulichtwagen? Wollen die jetzt hier Derrick spielen? Was ich vorhab? Gar nichts, nichts mehr, ich bin ganz zufrieden, Herr Fischer.

Mirko, du mußt jetzt verschwinden. Red keinen Unsinn, sondern tu, was ich dir sage! Was hast du denn? Ich soll mitkommen? Bist du ein Verbündeter von diesem Kommissar? Na also. Nein, ich bleib hier, und du läufst heim zu deinen Eltern und zu deinem Bruder. Jetzt hab ich den Namen deines Bruders vergessen. Sieh dir das an, wie sie dastehen, die vermummten Männer mit ihren Gewehren. Wie in dem Derrick letzte Weihnachten. Am ersten Weihnachtstag übrigens verschluckte meine Schwester Margot eine Walnuß, die sie mit ihren kleinen Zähnen aufknacken wollte. Sie bekam keine Luft mehr und lief auf die Straße hinaus, in den Schnee, und wollte um Hilfe schreien und kriegte keinen Ton raus. Es war Feiertag, die Leute waren zu Hause unterm brennenden Baum. Meine Schwester brach zusammen und starb. Erst nach einer halben Stunde kam ein Betrunkener vorbei und fand sie. Meine Eltern waren spazierengegangen, und als sie zurückkamen, wartete die Polizei auf sie. Und zur gleichen Zeit, zu der Margot auf der Straße gestorben ist, erstickte auch ihre Zwillingsschwester Luise in ihrem Zimmer. Sie kriegte einfach keine Luft mehr. Aber sie hatte keine Walnuß verschluckt! Sie kriegte einfach so keine Luft mehr. Als ich dann auf die Welt kam, war von der Elternliebe wahrscheinlich nichts mehr für mich übrig. Da haben Sie Ihre Geschichte, Herr Fischer.

Hier, das schenk ich dir, und du mußt mir

versprechen, daß du es nie verlierst. Versprich's mir, Mirko! Es ist noch von meinem Mann Wilhelm, er hat es sich als junger Mann gekauft, und er hatte es im Krieg dabei, und er brachte es wieder mit aus dem Krieg. Nimm es, du darfst es behalten. Gib deiner Sonja Feuer damit. Es liegt schwer in der Hand, stimmt's? Steck es ein.

Komm her, komm. Stell dich hier unten aufs Geländer. Halt dich gut fest. Genau so. Das ist jetzt die klassische Nikolaus-Umarmung. Nein, hat nichts mit dem Nikolaus vom sechsten Dezember zu tun. Nikolaus war mein Enkel, er war stadtbekannt für seine Umarmungen. Wenn wir mehr Zeit hätten, würde ich dir was von ihm erzählen. Er hatte genauso schwarzes Haar wie du.

Und jetzt geh! Lauf, Mirko! Und verlier das Feuerzeug nicht. Halt! Jetzt hätten wir beinah deine Torwarthandschuhe vergessen! Du brauchst sie doch. Nein, das kann ich nicht annehmen, es sind doch deine Handschuhe, wie willst du denn ohne die einen Elfer killen? Meinetwegen, dann danke ich dir schön, Mirko, ich behalt sie an, ein bißchen groß sind sie ja, aber trotzdem. Danke. Und hier, was soll ich mit der? Ich will mich doch nicht erschießen. Jetzt hab ich auch noch mal eine Pistole in der Hand gehabt in meinem Leben.

Lauf jetzt, Mirko, lauf endlich los! Sporttasche nicht vergessen. Lauf!

Hallo? Herr Fischer? Sie können Ihre Indianer

im Hintergrund nach Hause schicken, ich bin unbewaffnet. Das Ding war übrigens eine Spielzeugpistole. Aber das wäre den Herren hinter Ihnen wahrscheinlich egal gewesen. Oskar ist das ja auch egal. Sie wissen nicht, wer Oskar ist? Sind Sie evangelisch? Katholisch! Wie ich. Wir sind also beide im selben Verein. Ich bin allerdings gerade dabei, auszutreten. Nein, ich komm da nicht runter, im Gegenteil, ich kletter gleich noch höher. In meinem Alter ist das beinah ein Kunststück.

Bleiben Sie, wo Sie sind, Herr Fischer! Wie heißen Sie mit Vornamen? Benjamin. Ich heiße Lilie. Wenn Sie Gast im Alten Eck gewesen wären, hätten Sie Lili zu mir sagen dürfen, so müssen Sie jetzt Frau Stummvoll sagen.

Die Photographen strengen sich aber an! Taugen die Bilder überhaupt was auf diese Entfernung?

Hier oben bläst's ziemlich heftig. Aber die Aussicht ist prächtig. Ich seh den schwarzen Dom.

Ich halt mich gut fest mit den Handschuhen von Mirko. Die Schuhe hab ich mir selber gekauft, schreckliche Treter. Und den roten Seidenschal hab ich mir gegönnt zu meinem siebzigsten Geburtstag. Das ist jetzt auch schon wieder ewig her.

Herr Fischer? Ist das da der Pfarrer Pleng neben Ihnen? Meine Augen gehen noch gut. Und was will der Pfarrer Pleng hier?

Ich werf jetzt das Telefon in den Rhein, Herr

Fischer. Ich muß noch ein paar Worte mit Oskar sprechen, und da kann ich das Ding nicht gebrauchen.

Geh, aber geh mit Gott, du kleines blödes Telefon.

Ich hab dich nicht vergessen, Oskar, beileibe nicht.

14

Wenn jemand näher kommt, spring ich sofort.

Ich hab keine Angst, obwohl das verboten ist. Jeder soll sich fürchten, heißt es, jeder soll Mutter und Vater fürchten. Und ich hab mich gefürchtet, solange es mich gibt. Seit dem ersten Mal, als mein rothaariger Vater mich in den Schweinestall gesperrt hat, weil ich ungezogen war. Ich hab unserer Nachbarin, Frau Lederer, einen Schneeball an den Hut geworfen und sie erschreckt, und Frau Lederer war die Ehefrau eines Doktors und eine Respektsperson, besonders für meinen Vater. So einer darf man keinen Schneeball an den Kopf werfen. In diesem Schweinestall im Winter bin ich zum ersten Mal gestorben in meinem Leben, und keiner hat's gemerkt. Fürchtet euch, das ist das erste Gebot. Oskar mag das nicht, wenn ihr euch nicht fürchtet, wenn ihr nicht Hunger und Durst leidet und euch im stinkenden Schnee wälzt und euch die Arme blutig reibt vor Furcht, stimmt's, Oskar? Im Michfürchten war ich Weltmeisterin. Ich trau mich nicht, ich trau mich nicht! Ich hab mich nicht getraut. Wie oft ich das in meinem Leben gedacht hab!

Wenn jemand näher kommt, spring ich sofort.

Näher zu dir, Oskar. Laß meine Töchter in

Ruhe! Für welche Schuld du meinen Sohn gerichtet hast, weiß ich nicht. Niemand war dir feind in meiner Familie. Mein Vater ging jeden Sonntag in die Kirche und sang sogar für dich, und meine Mutter hatte neben der Küchentür ein Schälchen mit geweihtem Wasser, da tunkte sie drei Finger hinein und bekreuzigte sich, wenn sie das Haus verließ. Sie hat keine Schuld, meine Mutter, sie wußte es nicht besser, und sie hat sich nicht getraut, das war ihr Glaube. Sie glaubte an das Paradies und an dich, und damit war sie genauso angeschissen wie all die anderen. Ihr Kinderglaube hat sie blöd gemacht, und du hast sie verhungern lassen. Und mein Vater fiel einfach um, und keiner wußte, wieso. Und mein Stiefvater haute eines Tages ab und kam nie wieder, und ich war wieder allein mit meiner Mutter, und sie konnte mich nicht mehr einsperren, weil ich schon zu groß war, also schwieg sie mich an, wenn sie böse war, und ich hätt alles alles alles getan, damit sie wieder spricht mit mir. Hat sie aber nicht. Ich hab gebettelt, erinner dich, Oskar, ich bin auf den Knien zu ihr hingerutscht, und sie hat einfach nichts gesagt. Sie hat mit der Nachbarin gesprochen, der alten Frau Lederer, und sie haben sich eine halbe Stunde lang unterhalten, und ich lief zu ihnen hin und sagte guten Tag zu Frau Doktor Lederer, denn sie war doch eine Respektsperson, doch meine Mutter beachtete mich nicht. Ich lief wieder weg und wär beinah erstickt vor lauter Schluchzen. Wenn ich erstickt wär, wär meine Mutter vielleicht erlöst gewesen.

Vielleicht vielleicht.

Nicht näher kommen, hab ich gesagt, sonst spring ich sofort! Ich seh euch genau da unten, meine Augen gehen noch gut.

Ich bin genau so blöde geworden vom andauernden Katechismus rauf und runter wie meine Mutter, und dann hab ich aufgehört damit. Ich hab mich dafür mehr mit dir unterhalten all die Jahre, war doch in Ordnung, oder? Hast du was gemerkt? Du sollst dir kein Bildnis vom Himmel machen, heißt es, und ich versichere dir: Hab ich nicht. Nicht die Bohne. Ist mir egal, wie's da aussieht! Wo hätt ich die Zeit hernehmen sollen, mir was auszumalen? Außerdem ist sowieso klar, wie's im Himmel aussieht: Da hocken sie alle in Eintracht nebeneinander und lachen uns Trottel aus, der Adenauer hockt da, der Hitler, der Göring, der Napoleon, der Schah von Persien und der Herbergerführer, der hat dann einen Fußball statt einem Kopf, das hat er sich so gewünscht, und du hast ihm den Wunsch erfüllt, wie du alle unsere Wünsche erfüllst, Oskar.

Sitzen sie also alle da im Himmel, und was soll ich da noch dabei? Mir reichen diese Herren noch von hier. Wegen denen hab ich zu viele Scherereien gehabt. Und dann sitzt da bei dir auch meine Mutter, und auch mein rothaariger Vater wartet schon, und darauf kann ich verzichten.

Obwohl es da draußen stockdunkel ist, kann ich die Rote Insel sehen. Könnt ihr eure Scheinwerfer nicht in die Richtung stellen? Ich bin nicht photogen, aber die Insel!

Wenn jemand näher kommt, spring ich sofort. Damit das mal ganz klar ist!

Auf deine Zehn Gebote scheiß ich, Oskar. Ich sprech jetzt deutsch mit dir, damit es keine Mißverständnisse gibt. Ambrosisch kann ich nicht.

Iris, Rose, Erika. Hört ihr mich? Fürchtet euch und haltet still, nehmt euch ein Beispiel an eurer Mutter. Sei deinem Mann untertan, Rose, dein Hannes ist ein gläubiger Mensch, er ist Beamter, also eine Respektsperson, also fürchte dich vor ihm und beklage dich nicht. Meine Erika hat ihre Pflichten alle erfüllt, und ihr Sohn ist von einem Staatsdiener erschossen worden, und ihr Mann war ein Schwermutsdragoner von der Wiege an. Und Iris ist noch auf der Suche, und ich weiß, du wirst ihr nicht helfen, Oskar, aber Iris ist stark, sie scheißt auf die Gebote, sie macht sich ihre eignen.

Habt ihr gewußt, daß eine Mutter, die ein Mädchen zur Welt bringt, zwei Wochen unrein ist? Das weiß kaum jemand. Oskar und ich wissen das. Und sie muß sechsundsechzig Tage zu Hause bleiben, damit sie sich reinigen kann. Und wenn sie sich dann gereinigt hat, muß sie erst mal ein Schaf opfern und eine Taube. Wenn sie kein Schaf auftreiben oder sich keins leisten kann, dann genügen auch zwei Tauben, stimmt's, Oskar? Der Pfarrer reinigt die Frau dann trotzdem, auch ohne Schaf. So steht das geschrieben, und so hab ich das gelernt, und so hab ich es befolgt. Wir hatten eine Menge Schafe zu Hause, kein Problem. Ich kenn die Bibel, und ich hab oft vorm Pfarrer Pleng gekniet und ihn angefleht, und er hat mir versprochen, meine Fürbitten zu erhören. Ist aber nichts draus geworden.

Hat er die falsche Sprache gesprochen? Hast du ihn nicht verstanden, wenn er sich gemeldet hat bei dir? Oder hab ich mich nicht deutlich ausgedrückt? Wahrscheinlich war ich nicht so wichtig für ihn, nicht so wichtig wie vielleicht die Frau Doktor Lederer oder solche Leute. Meine Bitten waren wohl zu klein. Manchmal hätt ich mir schon gewünscht, daß das etwas bewirkt, wenn ich mich hinknie und alles tue, was der Pfarrer Pleng will, beten, schweigen, bereuen.

Heute ist mein Sohn unter die Erde gekommen. Mit dem Auto tödlich verunglückt. Wie ist das möglich? Er war ein gefügiger Mensch, er war ein guter Autofahrer, obwohl er damals nur sechs Fahrstunden gehabt hat, mehr war nicht nötig. Er wollte sich ein Haus in Griechenland bauen und in der Sonne liegen. Er ist mit seinem Auto von einer Brücke gestürzt, die angeblich vereist war. Wie ist das möglich, Oskar? Um diese Jahreszeit! Vereiste Brücken. Was haben wir verbrechen? Was hat mein Sohn verbrochen? Fünfunddreißig Jahre unfallfrei.

Ich frage dich.

Ich frage dich, Oskar. Antworte mir!

Hat einer deiner Vasallen Mist gebaut? Irgendein Jahreszeitenzuständiger? Das kann vorkommen. Antworte mir, Oskar!

Ich hätt mit Willi nach Griechenland fahren sollen, da gibt's keine vereisten Brücken.

Jetzt hast du meinen Sohn, und nicht ich. Er war grad mal sechzig Jahre alt. Und ein guter Auto-Mechaniker, und du hast ihm seine Werkstatt weggenommen. Warum? In fünf Jahren hätt er von sich aus aufgehört. Das garantier ich dir.

Wenn jemand hier hochkommt, spring ich sofort!

Er ißt gern rohen Fisch, mein Willi. Kannst du ihm den servieren? Bestimmt kannst du das. Fisch ist doch deine Spezialität. Es muß roher Fisch sein, Oskar, wie beim Japaner. Einmal hat er mich in ein japanisches Restaurant mitgeschleift, ich dachte, ich sterbe. Aber ich hab durchgehalten, weggeschmissen wird nichts. Ich hab das Zeug runtergeschluckt, und anschließend hab ich drei von diesen winzigen Schälchen Schnaps getrunken. So besoffen war ich noch nie nach einem Mittagessen.

Versteh mich nicht falsch, Oskar! Ich mach dir keine Vorwürfe. Nein. Nein. Ich hab auch keinen Groll, jedenfalls jetzt nicht, in diesem Augenblick bin ich frei von Groll und Zorn. Ich kann weit sehen, auch wenn es finster ist, meine Augen gehen noch gut. Und jetzt hör mir genau zu: Ich hab mein ganzes langes Leben lang viel bekommen. Nicht von dir, Oskar, aber von meinem Wilhelm. Und von anderen. Und ich hab meinen Wilhelm geliebt und meinen Sohn Willi, meine Tochter Erika und meine Tochter Iris und sogar meine Tochter Rose, und ich hab es geliebt, am Sonntag Schweinebraten mit selbstgemachten Knödeln auf den Tisch zu stellen und in meinem Garten die Blüten des ausgewachsenen Schnittlauchs anzuschauen.

Mein Herz war immer für alle offen.

Nicht daß du meinst, ich war eine glückliche Frau, ich war nicht glücklich, ich war nur da und hab nicht mit dem Glück gerechnet, wer weiß das schon, was Glück ist und was Unglück? Das begreift man erst später. Ich war da für meinen Mann und für meine Kinder, und ich hab mich nicht beklagt, außer wenn meine Beine nicht mehr mitgemacht haben und mein Rücken und meine Hände. Da hab ich dich verflucht, das stimmt.

Mehr war nicht vorgesehen für mich, mehr hast du mir nicht zuteil werden lassen, Oskar. Ich glaub, deine Gäste sind dir furzegal, und wer sich nicht selber eine Schlafstatt sucht, hat es nicht anders verdient, als zu frieren. Du legst für niemanden die Hand ins Feuer, das hab ich schnell begriffen, und ich hab dich zur Rede gestellt. Das hätt ich mir sparen können. Ich hab wirklich gedacht, ich hab ein Anrecht auf Verständnis. Lächerlich, Lilie Stummvoll, lächerlich.

Licht aus, hab ich gesagt!

Wenn jemand näher kommt, spring ich sofort.

So hell war es nicht einmal in meinen Träumen, in meinen Ich-trau-mich-nicht-Träumen. Ich hab mich trotzdem zurechtgefunden, und ich hab gelernt, daß jeder Tag ein Geschenk ist, und man hat keine andere Wahl, als es anzunehmen. Geschenke darf man nicht zurückweisen. Und wenn einem das Geschenk nicht gefällt, muß man das Beste draus machen, es gibt kein neues. Weggehen geht nicht, wo hätt ich auch hin sollen? Die alten Sachen holen einen überall ein, und hier hab ich alles gehabt, was ich brauche. Wo es einen hin verschlägt, da muß man bleiben. Ich war zu Hause im Alten Eck, bei Josef Pilartschek, der ist dann abgehauen auf der Suche nach seiner Frau und hat seinen Vater gefunden. Das Alte Eck, da bin ich geblieben, auch wenn meine Töchter das nicht gern hören, die denken, ich hab mein Leben da verplempert und meine Gesundheit ruiniert in diesem muffigen abgehalfterten Laden. Nein, dort war mein Platz und nirgendwo sonst. Wir haben unsere Gäste immer gut behandelt, und wir haben niemanden vor die Tür gesetzt, wenn er nicht zahlen konnte oder sturzbetrunken war. Frenzi und ich haben den Laden geschmissen. Sie ist jetzt auch nicht mehr da, sucht ihren Sohn. Wo hast du ihn versteckt, Oskar? Wo kommen die Söhne bloß immer hin?

Mir ist eisigkalt.

Wer aber bis zum Ende standhaft bleibt, der wird gerettet.

So steht's im Evangelium, aber in welchem, das hab ich vergessen. Standhaft bleiben und sich fürchten, darum geht's. Ich komm in keinen

Himmel, das steht fest, und das ist gut so. Ich war auf der Erde, das reicht mir. Dahin möcht ich auch nicht mehr zurück.

Hier oben auf den Pfeilersprossen seh ich endlich mal weit, und kein Haus versperrt mir die Sicht wie in der Meyerstraße. Ruhe da unten, Herr Fischer, und schön auf der Straße bleiben, sonst spring ich sofort!

Als Mädchen war ich eine perfekte Schützin. Ich hab die Tauben vom Himmel geschossen, und die haben wir dann gebraten, oder geopfert, wenn wir unrein waren. Gebratene Tauben fliegen einem ja nicht ins Maul, die muß man selber braten, und vorher muß man sie vom Himmel schießen.

Außerdem hatte ich ein Laster: ich hab geraucht. Das Rauchen war ein Genuß für mich, und ich hab Lungenzüge gemacht, damit ich was davon hab. Der Doktor Nemez wollte mir meine Salemohne verbieten, aber ich hab sie mir nicht verbieten lassen, ich hab nur so getan. Das brauchen die Ärzte, daß man gehorsam tut. In den Augen vom Nemez bin ich sowieso eine störrische alte Zicke, die in eine Anstalt gehört. Sowieso. In eine Anstalt, und dann Ruhe. Er hat seine Vorschriften, er hat sich immer sehr mit mir beschäftigt, er hat mir Pillen verschrieben, und ich hab sie alle verfeuert.

Davon steht nichts in den Zehn Geboten, daß man seinem Arzt gehorchen muß. Da steht: Du sollst nicht morden, du sollst nicht stehlen, und so weiter. Kein Mensch hält sich da dran, und kein Gott. Ach, ich würd jetzt gern noch eine rauchen.

Meine Kinder halten mich für vertrottelt, Oskar, sie haben mich in ein Altersheim gesteckt, Haus Sonnenfels, aber ich bin gleich am ersten Tag mit einem fremden Mann mitgegangen. Wenn das meine Töchter wüßten! Rose würde platzen vor Scham, und Erika wäre ehrlich verzweifelt, stimmt's, Oskar?

Du hast mir meine Mutter genommen, meinen Enkel und meinen Sohn, und Wilhelm, meinen Mann, hast du mit den Fischen sprechen lassen, bis er keine Luft mehr kriegte. Du hast meine Freunde aus dem Alten Eck gelockt, und ich konnte sie nicht mehr bedienen, denn Tote machen keinen Umsatz, wie's so schön heißt. Eines Tages ist immer einer nicht wiedergekommen, und ich hab gewartet, ich hab ins Leere gewunken, auf Verdacht, vielleicht daß er meine Hand erkennt in der Ferne.

Warum hast du mir kein Jahr gegönnt, in dem am Schluß alle noch da waren? Du hattest fünfundachtzig Chancen.

HÖRST DU MICH NICHT? SIEHST DU MICH NICHT?

Wahrscheinlich bin ich eingenäht in die falsche Haut. Das hat der Doktor Nemez nicht erkannt, und ich trag's ihm nicht nach. Wie hätt er das auch erkennen sollen? Ich hab die Haut seit meiner Geburt. Jemand muß sie vertauscht haben. Vielleicht mein Vater, dem ist alles zuzutrauen, dem ausgekochten Hund. Eines Nachts, als meine Mutter schlief, schnitt er sie auf und zog mir meine Haut ab und zog mir eine andre über, die Haut meiner Schwester Margot oder Luise, eine getragene Haut, die zu nichts mehr nütze war. Also kam ich auf die Welt mit einer alten Haut. Man gewöhnt sich daran, wie du siehst. Vielleicht, wenn ich mit einer eignen Haut geboren worden wäre, hätt ich ein frischeres Leben geführt, ein eigenes.

Fischer! Stehenbleiben oder ich spring!

Müde bin ich, und kalt ist mir. Warum frieren Frauen leichter als Männer, Oskar, das hätt ich noch gern gewußt. Übrigens: es gibt etwas, auf das ich stolz bin: Ich hab nie an einer Kaffeefahrt teilgenommen und mir so eine verdammte Heizdecke andrehen lassen!

Seht doch, wer da kommt: Hier bin ich! Seht ihr mich? Grüß dich, Johann Laabsag, und du hast tatsächlich extra drei Brandenburgische Konzerte für mich einstudiert! Ich winke dir, Gottfried Esterland, ist die Sachertorte für mich? Und Raimund Kupferstecher, seht doch!, er trägt einen wundervollen buntbestickten Poncho, auch extra für mich, und Aribert Schön hält seine Hände hoch, damit ich nichts Falsches denke. Und da kommt Frenzi, sie hat ein Bukett auf ihrem Strohhut. Und Viktor Hundhaber prostet mir mit seinem Fernetglas zu, und ich winke Josef Pilartschek, der die Arme nach mir ausstreckt, hier bin ich, hier! Und jetzt trau ich meinen Augen nicht: Bist du das wahrhaftig? Ja, du bist es. Ich umarme dich, ich rieche deinen Atem, der nach Menthol schmeckt, aber das macht mir nichts aus, Wilhelm, Hauptsache, du bist gekommen und gehst nie wieder fort.

So, Oskar, du hast deine Sache durchgezogen, jetzt zieh ich meine durch. Weg mit den Schuhen, elende Treter! Die Handschuhe behalt ich, die sind ein Geschenk.

Und jetzt sing für mich, Wilhelm, sing noch mal für mich, ich halt mich fest an meinem roten Seidenschal und hör dir zu.

Hanns-Josef Ortheil

Im Licht der Lagune

Roman, 1999, 336 Seiten, gebunden

Wer ist dieser unbekannte geniale Maler, der alle, auch die schöne Caterina, in seinen Bann zieht? Das alte Venedig mit seinen Palazzi und labyrinthischen Gassen erstrahlt in Hanns-Josef Ortheils Roman noch einmal in verführerischem Glanz; er erzählt in betörender Weise von der Malerei und der Liebe.

Faustinas Küsse

Roman, 1998, 352 Seiten, gebunden

Wer ist dieser merkwürdige Neuankömmling in Rom? Ein Advokat, ein hoher Herr, ein Spion? Der junge Römer Giovanni Beri verfolgt den Fremden im Auftrag des Vatikan. – Ein historischer Detektivroman um einen der berühmtesten Rom-Reisenden, um Johann Wolfgang von Goethe, ein Roman über die Geheimnisse des Schöpferischen und der Liebe.

»Mit Leichtigkeit und erzählerischer Eleganz hat Hanns-Josef Ortheil ein grosses Thema und einen grossen Menschen der Weltliteratur wiederbelebt.« Neue Zürcher Zeitung

DIANA

Das anspruchsvolle Programm

62/0003

Doris Lessing
Das Leben meiner Mutter

Das Psychogramm einer ungleichen Ehe, das koloniale Leben in Afrika und eine schwierige Mutter-Tochter-Beziehung: Offen und schonungslos erzählt die große englische Erzählerin, wie unerträglich ihre Mutter war und wie unerträglich sie, die Tochter.

62/0008

Monika Fagerholm
Wunderbare Frauen am Wasser

I have heard the mermaids singing ... Mit viel Feingefühl und einer wunderbar sensiblen Sprache schildert Monika Fagerholm poetisch-spannend die Geschichte zweier sehr verschiedener Familien und ihres verzauberten Sommers in den finnischen Schären.

DIANA-TASCHENBÜCHER

Zeit zum Lesen ...